「なんで全員、素っ裸なんだよぉぉおーっ⁉」
グリンは、ありったけの大声を上げた。
異世界道楽に飽きたら 6
Isekai douraku ni akitara
三文烏札矢 Presented by Fudaya Sanmongarasu
Illustration ともぞ
JN054129

ブラウは、
舞台に上がり――。

ベルーチェはくるくると
回りながら、不気味に笑う。
その手には包丁が握られているから、
なおさら怖い。

食材を買い集め、屋敷に戻ったベルーチェと
リエーとコニーはおのおの料理作りに勤《いそ》しむ。
思考。実行。試行錯誤。教訓。
反省材料。失敗は成功の母。
調理という簡単なようで
どこまでも奥深い技能を、
体で理解していく。

『……今日も、
作りすぎたわね』

「旦那様は、わたしの作った野菜料理はお嫌いですか？」
「お姉ちゃんを悲しませるなんて、絶対に許さないからっ。ちゃんと全部食べてよねっ」

おかしい。何かがおかしい。
どうして評価する側が
怒られるのだろうか。
「今更レシピ作りの根底を
覆すような発言は、
やめてちょうだい」

Introduction

異世界道楽に飽きたら 6

Isekai douraku ni akitara

奴隷少女と中年男

グリンは四人の奴隷少女を購入する。

一人目の奴隷少女は、世間知らずの元農民。

凡庸な外見と才能だが、やる気だけでグリンに対抗する
馬鹿正直な凡人は、嘘《うそ》つきな偶像の夢を見るか？

二人目の奴隷少女は、病気で包丁も持てない元お嬢様。

漆黒の長い髪と青白い肌。昏《くら》く淀んだ冷たい眼差し。

その目に映る世界は、嘘と欺瞞《ぎまん》に満ちている。

三人目の奴隷少女は、赤い瞳が特徴的な兎《うさぎ》族の姉。

高い能力と深い愛情は、姉の証《あかし》。

姉は妹を助けるため、嘘つきな大人にも怯《ひる》まない。

四人目の少女は、長い垂れ耳が特徴的な兎族の妹。甘えん坊と反抗期は、妹の証。

妹は姉を助けるため、自分にさえも嘘をつく。

嘘で始まった契約は、嘘のまま終わってしまうのか？ 嘘の関係は、正直な関係に劣るのか？

嘘つきな大人に振り回される少女の想いは、偽りなのか？

言った本人が気づけない嘘は、本当に虚言なのか？

嘘もつき通せば、真実になり得るのか？

道楽者で鈍感な中年男と、努力家で思春期の奴隷少女が遭逢《そうほう》するとき。

本作史上、最も似つかわしくないハートフルな物語が幕を開ける！

異世界道楽に飽きたら　6

三文烏札矢

ヒーロー文庫

異世界道楽に飽きたら ⑥

Isekai douraku ni akitara

contents

illustration / ともぞ

イラスト／ともぞ
装丁・本文デザイン／5GAS DESIGN STUDIO
校正／福島典子（東京出版サービスセンター）
DTP／天満咲江（主婦の友社）

この物語は、小説投稿サイト「小説家になろう」で
発表された同名作品に、書籍化にあたって
大幅に加筆修正を加えたフィクションです。
実在の人物・団体等とは関係ありません。

序章　道楽と禁忌《きんき》

種族の違いは、文化の違い。文化の違いは、常識の違い。常識の違いは、禁忌の違い。

数ある禁忌の中でも最大級の禁忌である殺人を、俺はこの世界に来てから割と早い段階で犯してしまった。

「レベル」や「魔法」が存在するこの世界は、実はゲームの中の仮想世界では、と疑っているためか、それとも異なる世界の住民なので同族意識が低いためか……。

少なくとも、俺は元から禁忌を犯す素質が高かった、とは思いたくない。

他にもさまざまな禁忌があるが、殺人以外はやっていない、はず。

ならず者への暴力は正当防衛だし、女を好み男を嫌うのは差別じゃなくて区別だし、麻薬は耐性が強くて効かないだろうし、法律違反は人様に迷惑かけなければセーフだし、嘘《うそ》は方便だし、やらない善よりやる偽善だし、ソマリお嬢様いじめは趣味だし。

うんうん、自分で言うのも何だが、「倫理観が違う世界からやってきた無駄に強い力を持て余すおっさん」としては、自制できている方だろう。

自分で自分を褒めてあげたい気分である。

今後も率先して悪の道に踏み込む予定はないが、一つだけ、興味をそそられる禁忌がある。

それは、「奴隷制度」。

人身売買は以《もっ》ての外《ほか》だが、必要な金を得るために自身や家族を売り出す制度は、その対価で助かっている命があり、一応合意の上なので、全面否定はできない。

極端に言えば、死ぬよりマシだと割り切っているのだ。

この制度があれば、金がないので衣食住を得るために罪を犯して刑務所に入ろうとする、本末転倒な輩《やから》もいなくなるだろう。

だから、金で人を購入する行為には、さほど抵抗がない。

ただ、実際に購入するとなると、大きな問題が発生する。

それは、興味はあっても、必要性がないこと。

俺の有り余る力と金を使えば、他者に頼らずとも、大抵はどうにかなってしまう。

唯一にして最大の例外は性欲だが、それは専用の店で遊べば済む話だし、男の夢である愛人はもうすでに手に入れている。

ならばどうして、興味だけが湧くのかというと……。

うーん、なぜだろう？

支配欲はあるがそう大きくないし、庇護《ひご》欲や偽善ごっこは孤児院の運営で十分だろうし、いじめて遊ぶのはソマリお嬢様で間に合っているし。

珍しい商品を、ただ買って手元に置いておきたいコレクター精神だろうか？

それとも、風俗嬢の前では曝《さら》け出せない特殊な性癖をぶつけたいのだろうか？

とにかく、興味と金はあっても、理由が曖昧《あいまい》なので、今までは関わってこなかった。

今後も積極的に関わるつもりはないが、逆に考えれば、機会さえあれば購入するのも吝《やぶさ》かではない、ってことでもある。

結局のところ、俺は、流れに任せる体裁で、待っていたのだろう。

それなりの理由を見つけ出し、罪悪感が薄れる条件を整え、若い女性から嫌な顔をされても耐えうる精神力を養い。

満を持して、奴隷を購入する、その瞬間を――。

第四十九話　奴隷商人のイザナイ

「そこの旦那っ、素晴らしいご趣味をお持ちですねぇ！」

　本日初めて訪れた街をぶらぶらしていた俺は、きっちりしたスーツを着ているくせに、猫背で胡散臭《うさんくさ》い中年の男から話しかけられた。

「ほほう、この作業着の良さが分かるとは、結構な審美眼を持っているではないか」

　異世界に来てそこそこ経《た》つが、俺の作業着の素晴らしさを理解できる奴はいなかった。

　だがそれは、ちょっとした美意識のすれ違いであり、本物の美は全宇宙共通なのだ。

「作業着ってのはな、質実剛健でダンディな俺にピッタリな服で、耐久性は言うに及ばず通気性や速乾性まで備えた最新技術の結晶なのだ。さらにはいろいろな場所にいろいろなサイズのポケットが付いているから利便性も高くて――」

「違いますよっ、旦那が着ている服の話ではなく、そちらの娘っ子の話ですよっ」

　ちっ、作業着の魅力が分からんとは、見る目のない奴だ。

　感心して損した。おととい来やがれ！

「まあ、こいつらが着ているゴスロリ衣装は、作業着には激しく劣るけど、お抱えの服屋に作ってもらった一点ものだから、それなりに見映えするかも――」

「違います違いますっ、だから服の話ではなく、旦那の女の趣味についての話なんですよっ！」

　そう言われても、俺みたいな冴《さ》えない普通のおっさんは、若くて可愛い女の子なら誰でもいいから、趣味もへったくれもないのだが。

「女の趣味？　それは、どういう意味だ？」

「ですからっ、旦那が連れている三人の娘っ子がとても可愛いって話ですよっ！」

見る目がないスーツ男の視線を辿《たど》ると、そこには人類の天敵である三馬鹿が突っ立っていた。

「この三匹が、可愛い、だと？」

はなはだ不本意であるが、本日の俺は三馬鹿こと魔人娘と一緒に行動している。

最近あまり構っていない事実について抗議を受けたので、人に化ける薬を飲ませて街に連れ出していたのだ。

なお、抗議してきたのは氷の魔人である。

ポンコツトリオと一緒に街を歩いても、違和感を覚えなくなってきた自分が恐い。

人に備わっている慣れという力は、本当に凄《すご》い。

認めたくないが、元々見てくれだけは悪くない奴らなので、華やかなゴスロリ服を着ていたらそこそこ可愛く見えるのかもしれない。

「キイコたちの可愛さが理解できるなんて、ヒトにしては珍しく見る目があるっすね、マスターっ」

「そうねっ、エンコたちの偉大さに気づけた分、誰かさんと違って見る目があるじゃない！」

「……マスターは、見習って見る目を養うべきです」

褒められて上機嫌になったポンコツトリオは、調子に乗って変なポーズを取っていやがる。

子供服のカタログに載っていそうな、おしゃまな幼女が決めているポーズだ。

最高にうざい。

高価なゴスロリ服を着ていなかったらケツを蹴っ飛ばしているところだ。

それよりも、もっと大きな問題があって……。

「もしかしてぇぇぇ、こいつらを俺の趣味で選んだ恋人だと勘違いしてないだろうなぁぁっ？」

「ひぃっ⁉　じっ、地面が揺れているっ？」

久々にぷっつんしちまったぜ。

こんなに怒り狂ったのは、この世界に来て初めてではなかろうか。

ああっ、目に見える物全てをぐちゃぐちゃにしたい衝動に駆られる！

まさか、こんなモブキャラのせいで人類滅亡ルートに入るとは思わなかったぞ。

「だからぁぁぁ、こいつらが俺のなんだってぇぇっ？」

「すっ、すみませんっ、旦那っ。あまり似ていないので、まさかお子さんだとは思わなかったんですよっ」

「はぁぁぁああああっ？　誰が誰の子供だとぉぉぉおおおおおっ？」

「じっ、地面が割れたぁぁぁっ⁉」

何だこの失礼千万な奴はっ⁉

人の正気を奪うスキルでも持っているのかっ⁉

「んーなぁこたぁどーーーでもいーーーーんだよぉぉぉ！　何をどう間違えたら俺のようなナイスガイの独身貴族様がぁ、こんなポンコツどもの父親に見えるんだぁぁぁあああっ？」

「すみませんっすみませんっ、ご勘弁をっご勘弁をっ、全部あっしが悪うございましたっ‼」

……ふんっ、どうやら己《おのれ》の非を認める程度の常識はあるらしい。

誰にだって間違いはある。それを認めるタイミングが重要なのだ。

まったく、温厚で傍観主義者の俺をここまで怒らせたんだから、ある意味誇っていいぞ。

「やれやれ、優しすぎて彼氏候補から外されてしまうほど優しい俺に感謝するんだな。これが他の独身貴族だったら、発狂していたところだ」

「は、はあ……。でしたら、旦那とその娘っ子たちは、どのようなご関係で？」

「うーむ、本当は関係があることさえ認めたくないのだが、あえて言うなら、借金のかたに押さえた二束三文のポンコツ品、だろうな」

お宝を鑑定する某長寿番組に出てくる借金代わりの品は、大抵が偽物。

本来なら魔族の幹部を倒した特典で超スーパーレアなアイテムが手に入っていたはずなのに、当人の意思を無視して従者という名の不良品を押しつけられた俺も似た境遇であろう。

「おおっ、借金のかたとは好都合っ。実はあっし、奴隷商をやってまして、旦那さえよかったら、その娘っ子たちを譲ってもらえませんかね？」

胡散臭《うさんくさ》いスーツ男改め、奴隷商人が手を揉《も》み揉みしながら近づいてくる。

どうやら俺とポンコツトリオの関係は、奴にとって都合が良いらしい。

「奴隷、か……」

これまでは意図的に深入りしていなかったが、前時代的な文化を多く残すこの世界では、奴隷制度が当たり前のように施行されている。

国が認めている合法なので、犯罪者が刑罰として奴隷に身分を落とされるだけでなく、お金欲しさに自分自身を売ることもできる。

現代の日本に例えると、金を稼ぐためにマグロ漁船に乗ったり水商売したりする感覚と似ているのだろう。

「それはもしかして、このポンコツでガラクタなハリボテどもに値が付くという話なのか？」

「はいっ、そりゃあもちろん、高値で購入しますよっ！」

これは予想外の展開。

奴隷については、買うのは考えていたが、まさか売る選択もあったとは。

ふむ、割と面白そうな話だから、詳しく聞いてみよう。

「まさかこんな不良品にまで値が付くとは、さすが異世界だなぁ」

「いせ、かい？」

「独り言だから気にしないでくれ。……それで、いくら出せるんだ？　金額次第では、もの凄《すご》く前向きに検討するぞ？」

厄介者から解放されて金まで手に入るとは、ウハウハである。

「さすが旦那っ、話が分かりますねぇ。では、一人当たりこれくらいでどうでしょう？」

「んー、それだとちょっと厳しいなー。こいつら自体にはなんの未練もないが、入手する際の手間や入手後の維持費は結構かかっているからなー」

「でしたら、これでどうです？」

「もう一声、ってところだ。一応のアピールポイントとしては、餌をやらなくても不眠不休で働けるし、破壊系の魔法だけは割と得意だから、きっちり仕込めば一見アホな子供に偽装した暗殺者ができるかもしれんぞ？」

「どれほど戦闘力が高くても、自爆するのがオチだろうがな。

「そんな物騒な使い道は考えていませんよ。特技がなくても見た目が良いから、普通の好き者に高く売れますよ」

普通の好き者ってなんだろう。

かく言う俺も、レベルが高いだけの普通のおっさんなのだが。

「まあ、そうだな、こんな危険物は外に出すより家の中に閉じ込めておいた方がいいだろうさ。よし、決めたっ、その値段で売ろう！」

「ありがとうございますっ、旦那！」

これで話がまとまった。

魔人娘との強制契約の仕組みはよく分からんが、現マスターである俺の命令は絶対だろうから、権利の譲渡も可能なはず。

——ああっ、目の前が輝いて見える。

ようやくこの苦行から解放されるのだ！

やっと本当の自由を手に入れるのだ！

「……しかし、今更ですが、本当に売っていいんですか？　そんなに懐いているのに？」

どうやらこの世界では、噛《か》み付かれることを懐かれると表現するらしい。

キイコは足に、エンコは腕に、アンコは耳に、それぞれ噛み付きながら抗議している。

魔王様特製の人化薬を飲んだために、魔法を使えない普通の人の子供と同じ状態になっているから、こんな形でしか抵抗できないのだろう。

アマガミではなくマジガミだからそこそこ痛いが、これが最後と思えば我慢できる。

「……マスターは、アンコの忠告を聞くべきです」

往生際が悪い三馬鹿を引《ひ》き剥《は》がそうとしたら、耳を囓《かじ》っていたアンコが耳打ちしてきた。

「――――」

「くっ、なんて卑劣なっ！」

「ど、どうかしたのですか、旦那？」

「……すまないが、事情が変わった。非常に残念だが、こいつらを売るのは中止だ」

「そんなご無体なっ⁉」

「これも世界の平和のためなんだよ。俺も我慢するんだから、あんたも我慢してくれ」

くそっ、アンコのヤツめっ。

俺がマスター権限を譲渡したら、元マスターとなる俺の命令を聞く必要がなくなるから、隙を見て奴隷商人を屈服させて自由になり、今まで以上に俺に付きまとうと脅しやがったのだ。

アンコは、普段、短絡的なキイコとエンコに合わせて馬鹿な言動をしているが、要所要所で狡《こう》猾《かつ》さを覗《のぞ》かせてきやがる。

ある意味、俺と最も相性が良いのはアンコだろう。

新しいマスターの下《もと》で自由になるのは勝手だが、なんで俺の所に戻ってくるんだよ。

首輪が外れたら元いた森へ帰れよっ！　野生動物が持っている帰巣本能を忘れんなよっ！

現在の時々な関係でさえ鬱陶《うっとう》しいのに、毎日付きまとわれたらたまったもんじゃない。

そんな状況に陥ったら、ノイローゼになって魔人娘と一緒に街を破壊してしまうだろう。

だから、三馬鹿の売買を中止するのは、この世界の平和を守る行為に等しいのだ。

「あー、そのー、俺も今まで知らなかったんだが、こいつらは一応預かり物扱いになっていて、その期限が切れるまで手放せない決まり、だそうだ」

仕方ないので、適当な言い訳を並べる。

まったく、処分するのにも苦労するとは、壊れた原発並みに始末が悪い奴らだ。

「そうですか……。とても残念ですが、仕方ありません。今後もし事情が変わるようなら、ぜひともあっしに声をかけてくださいよ、旦那」

「ああ、その時は遠慮なくお願いしよう」

今回はおとなしく引き下がるが、いつか絶対に売っぱらってやるからな！

「やっぱりマスターとキイコたちは、絶対に離れられない運命っすね！」

「望んでマスターになったんだから、永遠にずっとエンコたちの面倒を見るべきなのよ！」

「……マスターは、死ぬまでアンコたちのマスターです！」

取引を中止した俺を見て元気になったポンコツトリオが、勝手なことをほざきやがる。

今回の件でよーく理解したぞ。

こいつらは人の形をしているが、実際には魔法で創られたアイテムと同じ。

つまり俺は、呪いのアイテムを装備している状態なのだ。

この悲しい真実のもっとも厄介な点は、呪いを解除できるのが俺よりもずっと強いと思われる魔王様だけ、ってことである。

「はぁぁぁっ」

絶望的な現状に溜息《ためいき》をつきながら、まだ俺の体に張りついているポンコツトリオを引《ひ》き剥《は》がそうとしていると……。

「それで旦那、話は変わりますけどね？」

話は終わったかと思いきや、胡散臭《うさんくさ》くて見る目がないスーツ姿の男が再び話しかけてくる。

――そう、彼は奴隷商人。この後に続く言葉は、決まっている。

「奴隷をおひとつ、いかがですか？」

それは、スーパーで試食を勧めてくるおばちゃん並みに、気楽なお誘いだった。

奴隷。

平和ボケな日本では馴染《なじ》みのない制度だが、漫画やゲーム好きには聞き慣れた言葉である。

ハードモードなこの世界で奴隷の必要性を考えた場合、真っ先に思いつくのは護衛目的だろう。

だが、無駄にレベルが高い俺には最も必要ないもの。

既存の手勢として、魔人娘と付与紙で創った使い魔、それに狼族《おおかみぞく》の兄妹もいるし。

戦闘面での人材は、もう十分すぎるほどに満ち足りている。

奴隷のもう一つの用途として思いつくのが、情婦。

ただこれも、娼館《しょうかん》で遊べば済む話だし、実際に愛人を囲うハイソな生活を送る俺には不要。

三十を超えると性欲が収まってくるから、たくさん相手がいても困るだけ。

そんな理由で、これまで奴隷を購入しなかったのだ。

しかし最近、いろいろと試しているもののあまり改善されない問題があって、これを解決するには奴隷が有効かな、と思案していたところ。

その際はできるだけ質が良い品を入手したいので大手の店に行きたいが、奴隷の購入経験がないまま突入すると失敗しそうで怖い。

だから予行練習として、まずここで慣れておくのもいいかもしれない。

奴隷売買は、元の世界では滅多にお目にかかれない特殊な文化なので、興味もそこそこある。

「……ふむ、この近くに店があるのか？」

「いいえ、店は別の街ですが、今は農村から買い取った奴隷を運んでいる途中なんですよ」

商売上手な奴隷商人の話によると、飢饉《ききん》に見舞われた農村から依頼を受け、農民の一部を買い取って帰る途中だという。

なるほど、少し離れた所に置かれている、あの大きな荷馬車に奴隷が乗っているのか。

そんな商売を生業《なりわい》としているからこそ、上客の匂いを嗅ぎつけて俺に声を掛けたのだろう。

「農村から頼まれて、そこの農民を買うのか……。なんとも世知辛《せちがら》い現実だな」

「そんなものですよ、旦那。家族を助けるためや自分自身が生き延びるため、自ら望んで奴隷になる者も多いんですよ。特に農村は貧しいのに子沢山《こだくさん》ですからね」

農家には農閑期があるし、他に遊ぶ場所もないから、子作りに励むしかないんだろうなぁ。

そうなると、過剰な遊戯施設やネット環境をなくすことが、少子化問題を解消する有効な手段になるかもしれない。

いろんな意味で俺には関係ない話だが。

「飢饉、か……」

元の世界では、仕事や人間関係の悩みは多くとも、食料問題とは無関係だったのであまり想像できないが、食べる物がなくて飢え死にしそうな場合、奴隷という過酷な道を選んででも生きようとするのは当然なのだろう。

「農村から買い取ったってことは、その奴隷の特技は農業だよな。俺は土地を持っていないから、購入しても活用する方法はないぞ？」

役に立つ特殊なスキルの持ち主なら考えるのだが。

「旦那が言うように農業以外の特技は持っていませんが、顔だけでも見てやってくださいよ」

「んー、でもなー、どうしようかなー」

言葉では拒否しながらも、押しが強い奴隷商人に実際に背中を押され、荷馬車がある方へと向かっていく。

俺は女性からのお誘いには弱いと自覚していたが、ただ単に断れない優柔不断な性格だったらしい。詐欺には注意しよう。

「健康で若い女も揃《そろ》えていますよ、旦那？」

「……………」

田舎育ちの、健康的な、若い女、と聞くと、共食いする寄生生物を思い出してしまう。

奴隷購入はまだ許容範囲だが、美食家を気取る俺でもカニバリズムはレベルが高すぎる。

「若いメスをお望みなら、キイコたちで十分じゃないっすか、マスター？」

「そうよっ、エンコたちみたいな可愛い子をもう侍《はべ》らせているから十分でしょうっ？」

「……マスターは、従順で健気《けなげ》なアンコたちだけで満足すべきです」

見た目が似ている少女タイプの従者が増えてしまう危機感からか、またもやポンコツトリオが噛《か》み付きながら抗議してくる。

ふっ、馬鹿な奴らめ。お前らが嫌がれば嫌がるほど、俺のやる気は増すのだ。

「一目だけでもお願いしますよ、旦那？」

「ふむ、そこまで頭を下げられたら致し方ない。……見るだけだぞ？」

「へいへい、分かってますよっ」

結局俺は、了承してしまった。営業の大変さを知る元リーマンの身として、無下《むげ》にはできないのである。あー、大人の付き合いって大変だなー。

「やれやれ」

三馬鹿に待機命令を出し、奴隷商人に案内されて荷馬車に入った俺は、奴隷の証《あかし》である首輪を付けられた十人ほどの男女と対面した。

子沢山《こだくさん》のためか、若い者ばかり。

質素と言うにも抵抗があるくらい布地が擦《す》り切れた服を着ている。

「「「…………」」」

好奇心旺盛《おうせい》な若者だからか、それとも自身を購入する相手への恐怖からか。

見学に来たはずの俺の方がジロジロと見られてしまう。

うだつが上がらないおっさんは注目されるのに慣れていないから、勘弁してほしい。

好意的とは言えない視線を向けられると、俺のガラスのハートは壊れてしまう。

「えっ⁉」

荷馬車に入ってすぐ後悔しかけていた俺の視線は、ある一箇所に釘付《くぎづ》けとなった。

藍色《あいいろ》の短い髪の少女と、目が合ったからだ。

その子の瞳は、絶望に染まった闇ではなく、逆にキラキラと輝いていた。

いや、問題は、そこじゃない。問題は……。

「――なのかっ？」

俺は、その名を口にする。そんなはずないと、分かっているのに。

「？」

案の定、俺に質問された藍髪の少女は、可愛く首を傾げた。

うん、当たり前だよな。こんな場所にいるはずないよな。

そう、彼女が、この世界に、いるはずがない。

「………」

それでも、疑惑を完全に消すため、鑑定アイテムを使って、藍髪の少女の素性《すじょう》を覗《のぞ》き見る。

名前：ブラウ
性別：女
種族：人族
職業：奴隷（元農民）

年齢：14歳

「ふぅ……」

鑑定の結果、他人の空似だと証明され、思わず安堵《あんど》の溜息《ためいき》が漏れた。

こんなに緊張したのは、この世界に来て初めてかもしれない。

本日は、怒ったり緊張したりと散々な日である。

「どうです、旦那？　気になる子はいましたか？」

「………」

藍髪《あいがみ》の少女をガン見していたことを察知した奴隷商人が、嫌らしく笑いながら聞いてくる。

だが、残念。俺が興味を持ったのは、その少女が知り合いに似ていたからだ。

赤の他人と分かった今、普通の農民を購入する理由はない。

理由なんて、ない、のだが……。

「いくらだ？」

「へへっ、旦那ならそう言ってくれると信じていましたよっ」

嫌な信頼である。

ポンコツトリオを高評価する見る目がない奴隷商人には、俺はどう映っているのだろうか？

「その娘っ子は、今回買い取った農民の中でもっとも若く器量が良いんですよ。なので、他の奴隷より割高になりますが――」

「違う」

「何が違うんです？」

「彼女一人の値段じゃない。ここにいる全員の値段を聞いている」

「ふへっ⁉」

嫌らしい笑みを浮かべていた奴隷商人が、驚いた顔になって俺を見てくる。

だって、仕方ないだろう。

藍髪の少女だけ買ったら、俺がロリコンだって誤解されるじゃないか。

不名誉な誤解を生むくらいなら、散財した方が遥《はる》かにマシだ。

――俺は、買わずにはいられなかった。

たとえ人違いであっても、彼女と同じ顔をした人物がつらい目に遭うのは耐えられない。

こんなんでも俺は、一応、お兄ちゃんなのだから。


「へへっ、お買い上げありがとうございました、旦那。あっしの店がある街に立ち寄った際は、また声を掛けてくださいよ」

「声を掛けてきたのはお前だろう？」とツッコみたいのを抑え、提示された金額を支払い、商品を受け取った俺は、おざなりに手を振って奴隷商人と別れた。

「「「…………」」」

そして、振り返ると、首輪を嵌《は》められた十人ほどの男女が、俺を見ていた。

おまけに、隣に立つ魔人娘たちも、俺を睨《にら》んでいた。

「馬鹿みたいにいっぱいヒトを買って、どうするつもりっすか、マスター？　キイコたちにはヒトを食う習慣はないっすよ？」

「弱っちろい奴らが何人いても役に立たないでしょ。そんな馬鹿なことをする暇があったら、もっとエンコたちを構いなさいよっ」

「……マスターは、無駄金使いの大馬鹿野郎です」

三馬鹿から馬鹿にされるとは、屈辱の極み。だが、今回ばかりは反論できない。

「はぁ……」

あーあ、買っちゃった。余計なモノを買っちゃったよ。

ストレス発散に衝動買いするOLなんて、まだ可愛いものだ。

俺が買ったモノは人の言葉を話す生き物だから、ちゃんと面倒をみないと駄目なんだぞ。

ほんと、どうするんだよ、これ。

「あ、あの、ご、ご主人様？　その、僕たちはこれから、何をすればいいのでしょうか？」

元農民、現奴隷のリーダーっぽい若者が、不安そうに訊《たず》ねてくる。

聞きたいのは俺の方だよ。不安なのも、俺の方だよ。

「ちょっと待ってくれ。これから考えるから」

「は、はい……」

そういえば、奴隷の上手な躾《しつ》け方について解説した本が売られていた気がする。

日本で役立つとは思えず購入しなかったが、こんな目に遭うのなら読んでおけばよかった。

もっと多くの自己啓発本を読んで自分を磨いておくべきだった。

誰か俺に正しい道を教えてくれっ。この苦難から解放してくれ！

「んん？　かい、ほう……？」

そうかっ、その手があったかっ。

面倒事が嫌なら、全て解放してしまえばいいのだっ。

「よしっ、そんなわけで、今から君たちを解放するっ。だから、後は好きにしてくれ！」

俺は奴隷の飼い主という責務から解放され、彼らは変態ご主人様から解放される。

これにて一件落着！　めでたし、めでたし、である。

「ご、ご主人様っ、それはいったい、どういう意味でしょうかっ⁉」

リンカーンもビックリな超快速の奴隷解放宣言に、余計に混乱してしまったリーダー君が質問してくる。

他の奴隷も、訝《いぶか》しげな表情だ。

「難しく考える必要はない。君たちを購入してしまったのは、ちょっとした手違いなんだ。そんなわけで、君たちの人生計画を邪魔したお詫《わ》びとして、奴隷の身分から解放することにした。だから、俺に構わず、好きにしてくれていい。なんだったら、故郷の農村まで送っていくぞ？」

子供を売り払った親元へ戻りたいなら、の話だが。

「ほっ、本当ですかっ⁉」

「やったっ！」

「村に帰れるぞっ！」

送っていく、なんて失言かと思ったが、どうやら本当に村に帰りたいらしい。

詳しく話を聞いてみると、彼らは村に金を入れるため、自ら志願して奴隷になったそうだ。

志願者は、兄妹が多い家庭の末っ子や、農民として能力が低い者が多い。

他に行く所もなく、戻ることに抵抗はない。人手が少ない村なので、邪険にはされないはず。もしも、また飢饉《ききん》に陥ったのなら、もう一度自分を売ればいい。

そうなると、二倍の値段で売れたも同然なので、家族としても丸儲《まるもう》けだ。

「ヒトばかりに優しくするのは贔屓《ひいき》っすよ、マスターっ」

「そうよそうよ、もっとエンコたちにも優しくしなさいよっ」

「……マスターは、優しさの優先順を間違っています」

俺が奴隷たちに優しくしていると勘違いした魔人娘が、またまた抗議してくる。

先ほどは従者が増えるのを嫌がっていたのに、送っていくと聞いて怒るとは面倒な奴らだ。

「ならば、お前らにも優しくしようではないか。今からマスターとしての契約を破棄するから、どこへ行くなり自由にするがいいさっ！」

「本当にいいっすね、マスター？　そんなことしたら、この街を火の海にしちゃうっすよ、主にエンコが」

「そうそう、エンコが全部燃やしちゃうわよっ」

「……マスターは、エンコの共犯者としてお尋ね者になります」

くそっ、今回の一件で嫌な脅し方を覚えやがって。

本当にそうなったら、力の魔人との秘密訓練で向上させた力で今度こそ消滅させてやるっ。

……だが、それはそれで面倒なので、今日のところは勘弁しておこう。

「さあさあっ、そうと決まれば、早速村まで送ろう！」

俺は優しい笑顔で、奴隷から農民に戻った少年少女に話しかける。

いやー、よかったよかった。

今回は珍しく面倒事から素早く解放されたぞっ。

まあ、その面倒事に全力で飛び込んだのは、俺自身なんだけどな。

それを差し引いても、円満解決であろう。子供たちも喜んでいるので、言うことなしだ。

魔人娘も、ライバルになるかもしれない奴隷がいなくなるので機嫌を直しているし。

俺を含めて満場一致の笑顔。これこそが、ハッピーエンドに相応《ふさわ》しい。

「ねえっ、あたしはあんな田舎に戻りたくないんだけどっ」

そんなお祭りムードをぶち壊したのは、藍髪《あいがみ》ショートカットの少女。

俺の妹の子供時代にやたらと似ている少女である。

「せっかく田舎から出られたのに、余計な真似しないでよっ」

「…………」

おかしいぞ。元はといえば、全て彼女のためにやったはずなのに。

どうして俺は罵倒されているのだろう?

「ほんと、すっごい迷惑っ！」

……そうか、独りよがりのありがた迷惑とは、このことか。

やはり独身の俺が能動的に行動すると、ろくな結果にならない。

猛省しよう。そして明日からは、他人の顔色を窺《うかが》うだけの人生に戻ろう。

「ごめんよごめんよ、不甲斐《ふがい》ないお兄ちゃんでごめんよ……」

似非《えせ》妹から怒られ、想像以上のダメージを受けた俺は、誠心誠意謝罪した。

子供の頃は、こんなふうに本物の妹からも怒られていた気がする。

俺は、こんなおっさんになっても、強い力を手に入れても、ちっとも変わっていないのか。

「なっ、なんでヒトの子供なんかに謝っているっすか、マスターっ⁉」

「そうよっ、弱っちろいヒトなんかに、なんで頭を下げるのよっ⁉」

「……マスターは、ドMです」

仕方ないんだよ、年下の少女から叱られるとゾクゾクしちゃうんだから。

何百年も生きているお前らは、少女のカテゴリーに入らないから邪魔しないでくれ。

「すまなかった。許してくれ。お兄ちゃんに悪気はなかったんだ。来年からちゃんと真面目に働くから許してくれっ！」

「な、何よ、お兄ちゃんって……。気持ち悪いから近づかないでっ」

俺が許しを請うために近づくと、似非《えせ》妹は心底気色悪そうな顔で後ずさった。

「ふははは っ——」

そんな少女の姿を見て、にやりとする。

そうそう、やっぱり兄は、妹から嫌われてなんぼだよな。

「よしっ、復活！」

お兄ちゃんパワーを充電した俺は、即座に復活。

説明しよう！　お兄ちゃんパワーとは、どんな形であれ、妹から「お兄ちゃん」と呼ばれるだけで充電されるのだ！

「ほらほら、もっともっとお兄ちゃんと呼んでおくれ！」

「ぜ、絶対に嫌よっ。こっち来ないでっ！」

一気に形勢逆転だ。

ふふふ、嫌がる妹を見ていると、子供時代を思い出して楽しくなるな！

「お兄ちゃん……。これでいいっすか、マスター？」

「仕方ないから呼んであげるわっ。お兄ちゃん！」

「……マスターは、お兄ちゃんです」

似非生き物であるお前らには頼んでない。神聖な兄妹の絆《きずな》を穢《けが》すんじゃねえよ。

「もっ、申し訳ありませんご主人様っ。ブラウは、都会に憧れている田舎者でしてっ」

「だれが田舎者よっ⁉」

必死にフォローするリーダー君の努力をぶち壊す似非妹。

可哀想《かわいそう》に、リーダー君はせっかく円満にまとまりかけた話がおじゃんになるのではと、顔面蒼《そう》白《はく》になっているぞ。

このままでは埒《らち》が明《あ》かないので、理由を聞いてみるか。

「それで、イモ子はどうして、奴隷になってまで村から出たかったんだ？」

「だれがイモコよっ」

「妹子」と書いて「イモコ」と呼ぶ。これ、日本の常識。

田舎育ちの芋っぽい似非妹にはピッタリの呼び名であろう。

「ご主人様、ブラウは村に来た行商人の話を聞いて、王都に強い憧れを持っているんです……」

ぷりぷり怒っているイモ子の代わりに、リーダー君が教えてくれた。

随分と安直な理由らしい。

田舎もんほど都会に憧れる。元田舎もんの俺にはよく分かる。

「具体的には、王都の何に憧れているんだ？」

「は、はい、どうやら、王都で人気の劇場の話を聞いてから変になったようで……」

王都の劇場、というキーワードに嫌な予感を覚えるのだが。

「そうよっ、あたしは王都に行って『コン・トラスト』みたいに素敵な歌手になりたいの！」

「……」

コン・トラスト。何を隠そう、ネーミングセンスが欠落している俺が付けた名前である。

地球では、明暗の差などの対比を意味する単語。

そして、王都の劇場では、ルーネとティーネの姉妹ユニットを意味する。

え？　つまり？　どういうこと？

俺の実妹に激似のイモ子ちゃんは、俺がプロデュースしたアイドルもどきのせいで、田舎から脱出するチャンスに賭けて、奴隷商人に自分自身を売っ払ったってことなのか？

世間知らずの田舎もんにしても痛々しい思考だ。

まったく、俺の実妹はこんなに馬鹿じゃなかったぞ。ちゃんと思春期を迎えて、兄と一定の距離を取りつつも、お小遣いが欲しくなったら笑顔で近づいてくる理性と知恵があったんだぞ。

見習ってもっと狡猾《こうかつ》にならないと、芸能界では生きていけないぞ。

「ここでもまた、一難去ってまた一難か……」

たぶん、きっと、間違いなく、俺が責任を取る必要なんて微塵《みじん》もないと思うが。

それでも、田舎の純真無垢《むく》な少女に無謀な夢を抱かせてしまった責任を感じるわけで。

「仕方ない、とりあえず現実を見せてから考えるか」

無理だから諦めろ、と一刀両断して村に返した方が正しい教育だと思うが、俺と出会ってしまったことで無理が無理ではなくなったから、愚か者の無謀な方法であったと馬鹿にできない。

まさに、虚仮《こけ》の一念《いちねん》岩をも通す、である。

それに、ほら、これでもお兄ちゃんだからな。兄が妹に甘いのは、もはや自然の摂理なのだ。

ただ、本人が望んでいても、家族は心配しているかもしれないから一応確認しておきたい。

この件について、イモ子の自己申告は当てにならないので、リーダー君に尋ねたところ、

「ブラウには弟がいまして、その子を助けるためにも自ら奴隷になったのだと思います。だから、両親も心配しているはずです。……その、本当は優しい子なんですっ」

やめろやめろっ。今更いい話をして、その子に対する好感度を上げさせようとしても無駄だっ。

なぜなら、妹に似ているってだけでもう好感度MAXだからな！

「であれば、イモ子には王都で劇場を見せた後、一度実家に戻し、その後また考えるとしよう。だからイモ子のことは気にせず、君たちは帰る準備を進めてくれ」

「は、はいっ。よろしくお願いしますっ」

リーダー君は、まだ緊張した面持ちで頷《うなず》く。

準備といっても、無一物《むいちもつ》で売られてきた状態なので、支度しようもないのだが。

「うーむ……」

さて、ここからが、ちょっと考えものだ。俺には、イモ子を王都に連れていく役目があって、

他の少年少女は農村に戻すのだが、その手段をどうするべきか。

転送アイテムは、一度行った場所じゃないと目標の位置が分からないから使えないし、空飛ぶ魔法の絨毯《じゅうたん》で運ぶのは簡単だが、借金のかたに取られた子供が高価なアイテムに乗って帰ってきたら怪しまれるだろう。

農村からこの街まで連れてこられたように、馬車に乗って帰ってもらう方法がいいが、彼らだけだと、迷子になったり魔物に襲われたりしそうで不安だ。

護衛付きの馬車に依頼するのも手だが、いつぞやみたいに盗賊に負ける危険性が残る。

魔物や盗賊を一蹴できる実力者を同行させたいのだが……。

「おおっ、マスターがキイコたちを期待した目で見てるっすよ？」

「エンコたちにお願いがあるなら、ちゃんと命令しなさいよ！」

「……マスターは、アンコたちに期待しています」

うん、コイツらはないな。コイツらだけはないな。

俺の目が届かないところでお使いできるほどの賢さは持ち合わせていない。

残された選択肢は一つだけ。

気乗りしないが、あいつらに頼むほかあるまい。

「仕方ない…………。出でよっ、クーロウとクーレイの狼族《おおかみぞく》の兄妹よっ！」

「――兄者《あにじゃ》！　よくぞ呼んでくれたな兄者！　俺は嬉《うれ》しいぞ兄者!!」

「――お久しゅうございます。大兄様のお役に立てることを嬉しく思います」

やけくそ気味に、ポケットからモンスターを取り出す勢いで、通信アイテムに呼びかけると、間髪容《かんはつい》れずに転送アイテムを使って、男女のペアが目の前に出現した。

男の名は、クーロウ。

たぶん19歳。精悍《せいかん》な顔つきと肉体。狼族らしく、耳と尻尾、それに顎髭《あごひげ》や腕などの毛深さが特徴的で、腕に自信がある好青年って感じだ。

女の名は、クーレイ。

ピチピチの18歳。クーロウの実妹なので似ているが、荒々しさがなく凜々《りり》しい顔つきとしなやかな肢体だ。兄のように毛深くないが、耳と尻尾は兄よりもふもふしていて可愛い。

二人とも、植物っぽい模様が刺繍《ししゅう》された着物のような民族衣装を着ている。

髪の色も黒いので、和風というかアイヌ民族みたいな風貌である。

「クーロウ、声が大きすぎてうるさい。それに、俺を兄と呼ぶのはやめろと言ったはずだが？」

「ああっ、もちろん分かっているぞ、兄者！」

「……うん、全く分かっていないな。でも、クーレイはそう呼んでくれていいんだぞ。むしろ全力で『お兄ちゃん』と呼んでくれ？」

「かしこまりました、大兄様」

「………………」

相変わらずだな、この兄妹。

俺の言葉に従順かと思いきや、気に入らない命令はあっさり無視しやがる。

クーロウは、その名が示すように、出会った当初は苦労性で繊細だったのに、どうしてこんな暑苦しい性格になったのやら。

クーレイには、いつか絶対「お兄ちゃん」と呼ばせてやるっ。

それはさておき、こいつらは俺が使役する三つのしもべの末席——魔人娘と付与紙で創った使い魔に続く、狼族《おおかみぞく》の兄妹である。

三つのしもべの中では一番弱いのだが、唯一この世界で生まれた現地人であり、一番まともな思考ができて、そこそこ強いので、それなりに使い道があるのだ。

「それにしても、本当の本当に久しぶりだなっ、兄者《あにじゃ》！　もっともっと頻繁に呼び出してくれていいんだぞ、なっ、兄者っ！」

「そうですよ、大兄様。私たち兄妹は、もっと大兄様のお役に立ちたいのです」

「……うん、まあ、その、善処しよう」

政治家が得意とするお役所言葉で誤魔化す。政治家は悪さばかりしている印象だが、彼らから教わることは多い。特に曖昧《あいまい》な表現は秀逸である。見習ってどんどん使っていこう。

——さて、この兄妹。

ちょっとした縁があって、なぜか俺の従者っぽい位置付けになってしまった二人だ。

従者として認めた覚えはないし、そう要望した記憶も一切ないが、是が非でも俺の役に立ちたいと主張され、根負けしてしまった格好である。

まあ、実際にこうして役立つ場面があるし、この世界でまともな知り合いが少ない俺にとっては、貴重な人材かもしれない。

兄妹は、俺の素性《すじょう》については知らないが、規格外の力を持っていることは承知している。

だからこそ、力ある者に付き従っているのだろう。

弱肉強食なこの世界では、強さが一番の指標なのだ。

俺に加勢してくれるのはありがたいが、実際に頼む機会はほとんどないから、そんなに人助けがしたいのなら適当に各地を旅しながら、お腹《なか》を空《す》かせている若くて可愛い女の子を助けて回ればいいと、体《てい》のよい断り文句で遠ざけているのが現状。

いわば放置状態なのだが、この兄妹もそれで案外満足しているようだし、俺が暮らしやすい平和な世界を築くためにもちょうどいい。

人助けせずにはいられない者たち。メシア症候群と呼ばれる自己満足。

これも立派な道楽かもしれないな。

兄妹のレベルは40程度なので、付与紙で創った量産可能な使い魔にも劣るが、同じ人類が相手だったらおおむね問題ない強さだろう。

俺に対するハイテンションな言動はちょっとアレだが、通常はまともな思考をしているし。

今回みたいにそこそこの武力と、人様への配慮が必要なお使いにはピッタリな兄妹である。

「それで兄者よ、我ら兄妹を呼んだからには、ちゃんと仕事を与えてくれるのだろうな？」

「……ああ、そうだ」

日本人もびっくりな仕事大好き人間。見習いたくない。

「クーロウとクーレイに頼みたいのは、彼らを家族の住む農村まで無事に送り届ける仕事だ」

突然現れた狼族に驚いている少年少女を見ながら、簡単に事情を説明する。

とにかく、護衛役をしっかりやってくれればいい。

「せっかくだから、数日くらいこの街で観光し、適当に寄り道しながら、ゆっくり到着するようにしてくれ」

「了解したぞ、兄者《あにじゃ》！　そして兄者は相変わらずの心配性で安心したぞ！」

それって褒め言葉のつもりなのか？

「大兄様のつまびらかなお心遣い、大変好ましく思います」

「だったら、お兄ちゃんと呼んでくれ」

「それは別の話ですよ、大兄様」

ガードが堅いところも彼女の魅力だ。うん、そう思っておこう。

「……ところで、大兄様、つかぬことを伺いますが？」

「うんうん、なんだいクーレイ。お兄ちゃんになんでも聞いてくれ」

「そちらのお三方は、いったい？」

クーレイは、少し怯《おび》えた表情で、俺の足元を見ながら聞いてきた。

俺の両足にしがみついているのは、言うまでもなく魔人娘だ。

ずっと無視して狼族《おおかみぞく》の兄妹とばかり話していたから、ぶーたれているらしい。

暇を持て余すくらいなら、勝手に遊びに行けばいいのに。そして戻って来なければいいのに。

「こいつらは、ポンコッツとガラクッタとハリボッテ。三体そろって『糸の切れた人形《ポンコットリオ》』という名前の、売れない芸人だ」

我ながら的確な表現だ。今度本当に、劇場でデビューさせてみるか。

でも、意外と人見知りするから、舞台の上で三体固まってぶるぶる震えるだけで終わりそう。

「あ、兄者っ、思いっきり頭を囓《かじ》られているが、大丈夫なのかっ⁉」

「頭部への刺激は発毛を促すから問題ない。いや別に薄毛を気にしているわけじゃないんだぞ」

「大兄様、お気を確かに……」

冗談はさておき、同じ従者仲間でも、人類の天敵である魔族と交流を深めるのはまずかろう。

「非常に不本意だがこいつらはお前らと似た立場なんだ。仲良くする必要はないが一応先輩に当たるし、こんな見た目だが俺も手に負えない問題児だから、扱いには細心の注意を払ってくれ」

「お、おう、了解したぞ、兄者」

「か、かしこまりました、大兄様」

人類の中で上位の力を持つクーロウとクーレイは、神妙な表情で頷《うなず》いた。

狼族の性質上、鼻が利く兄妹だから、人化薬を飲んだ魔人娘どもは一般人並みに力を制限されているものの、魔族の幹部が纏《まと》うその特異な空気を感じ取っているのだろう。

今後も顔を合わせるかもしれないから、関係がこじれては困る。特に俺が。常に俺が。

とばっちりを受けるのは、いつも俺なのだ。

「「ふかーっ！」」

ポンコツトリオは俺にしがみついたまま、猫みたいな威嚇《いかく》をしているが、こいつらも積極的に交流するつもりはないらしい。

少しは人の姿に慣れ、自重《じちょう》することを覚えたようだ。

この様子なら、兄妹の方から攻撃でもしない限り大丈夫だろう。

「とにかく人手が必要な状況だから、お前らには少年少女の引率を頼む。俺とあの藍色《あいいろ》の髪の少女は別の用事があるので別行動になるが、何か問題があったらいつでも連絡してくれ。それと、

「だから兄者《あにじゃ》は心配性だと言われるんだ。委細承知したから後は俺とクーレイに任せてくれ！」

「そうですよ、大兄様に鍛えていただいたおかげで、私たち兄妹は十分に稼げているのです。彼らをもてなす費用くらいは出させてください」

「……まあ、クーレイがそう言うのなら」

まったく、できた従者である。

できすぎて逆に鬱陶《うっとう》しいと気づいてくれれば完璧なのだが。

まだ俺に引っ付いている穀潰《ごくつぶ》しと足して二で割ればちょうどいいのに。

「――えー、そんなわけでー、君たちの引率はこの狼族《おおかみぞく》の兄妹が務める。腕は立つし金も持っているから、困ったら遠慮なく頼ってくれ」

「は、はいっ。何から何までありがとうございますっ」

丸投げしている身としては、リーダー君の潤んだ瞳が眩《まぶ》しすぎる。

いつまでもその純朴さを忘れないでおくれよ。

「それじゃあ、後は頼んだぞ」

「兄者っ」

説明を終えて別れようとしたら、クーロウが呼び止めてきた。

「……なんだ?」

「この仕事が終わったら、一緒に飲みたい。ぜひ付き合ってくれっ」

男同士で飲む酒ほど不味い物はないと思うのだが。

「……クーレイがお酌《しやく》してくれるのなら、検討しよう」

「くすくすっ、もちろんそのつもりですよ、大兄様」

何がおかしいのか、クーレイが目を細めて笑う。

「それじゃあ、まあ、達者でな」

なぜだか居心地が悪くなった俺は、ポンコツどもを引《ひ》き剥《は》がして放り投げ、後頭部を掻《か》きながら、一時《いっとき》とはいえ俺の所有物だった少年少女と、護衛役の狼族兄妹を見送るのであった。

「……ねえ、さっきの狼族の二人って、どこから現れたの？」

帰宅組の姿が見えなくなった後、今まで遠慮して黙っていたらしいイモ子が話し掛けてきた。

空気を読むスキルは芸能界でも重要になるから大事にしろよ。

「転送アイテムを使って、別の街から瞬間移動してきたんだよ。アイテムって便利だよな」

「……転送アイテムって、とっても高価なはずよね。それに、私たち全員を値切りもせず買っちゃうし、もしかしておじさんは凄《すご》い人なの？」

「なーに、ただの成金さ。でも、金ってヤツは大層な力を持っている。特にこの世界では、な」

「………………」

俺が言った「この世界」とは、異世界を指しているわけではない。芸能界という、魔物以上に恐ろしい魑魅魍魎《ちみもうりょう》が棲《す》まう世界。ファン投票で全てが決定してしまう容赦ない世界なのだ。

「だから、イモ子が望んでいる歌手とやらにもコネがあったりするぞ？」

「ほっ、ほんとうっ⁉　なら私を紹介してよっ！」

俺の言葉に、イモ子はびっくりした顔になる。

目の前の冴《さ》えないおっさんが夢の架け橋になるなんて、想像もしなかったのだろう。

それでも、瞬時に切り替えて頼み込んできた。現金なところも、本物の妹によく似ている。

それくらい逞《たくま》しい方が、芸能界には相応《ふさわ》しいのかもしれない。

「おやおやぁ、人様にお願いする時は、相応の対価が必要だと思うんだがなぁ？」

「だっ、駄目よっ、歌手は清らかさも大事なんだから、私の体は売れないわよっ」

ほほう、アイドルが守るべき貞操観念はしっかりしているようだ。

自分のためではなく観客のために清純でいようとする心意気は評価しよう。

「ふんっ、十代前半の貧相な体なんかに興味はないさ。そんなのより、俺が真に求めているモノを、イモ子は知っているはずだよな？」

「で、でも、それはっ」

「どうしたどうしたぁ？　歌手になりたいというイモ子の覚悟は、この程度で諦めてしまうようなな、ちっぽけなものだったのかぁ？」

「くっ……」

まるで枕営業を強要する悪徳マネージャーとアイドルのやりとり。

とても愉《たの》しい。やはり俺には悪役が似合っている。

「分かったわよっ。その、――――ちゃんっ」

「んんーー？　声が小さくて聞こえないなぁー？」

「お兄ちゃんっ！　って呼べばいいんでしょっ」

こうして俺は、ちょっと反抗期な妹を手に入れた。

控えめに言って、最高である。

◇　◇　◇

彼女が生を受けたところは、何の変哲もない農村。はっきりとした不満があったわけではない。

だけど、物足りなさを感じていた。

普通に暮らしていたら、物足りなさの正体に気づけなかっただろう。

だけど、彼女は知ってしまった。

時折村へやってくる行商人から、王都で話題の舞台について聞いてしまったからだ。

もちろん、劇なんて見たこともない。

それでも、ただ噂《うわさ》を聞いただけで、心の内で想像しただけで、鼓動が高まった。

王都へ行き、舞台に上がり、歌って踊る自身の姿を想像し、心躍ったのだ。

これまでと同じ暮らしを続けていたら、歌手になるどころか、村から出るのさえ難しかっただろう。故郷という見えない楔《くさび》は、それほど強い。

だから、村が飢饉《ききん》に襲われ、身売りする話が出た時、彼女は真っ先に飛びついた。

最初で最後のチャンスだと感じたからだ。

村の外に出ても、目標へ辿《たど》り着《つ》けない可能性の方が圧倒的に高いだろう。

ましてや、奴隷の身分へと落ちるのだ。不幸のどん底まで落ちても、文句は言えない。

それでも、村の中にいたままでは、何も始まらない。

失敗するのが分かっていたとしても、無為に生きるよりはいい。

そう、彼女は、世間知らずで、身の程知らずで、やる気だけが取り柄の少女であった。

そして――。


「――」

割ればかりの拍手が響き渡る中、演《だ》し物《もの》は終わった。

それは、彼女が思い描いていたものとは、違っていた。

想像できる範囲を遥《はる》かに超えていたのだ。

感情の奔流に翻弄《ほんろう》され、拍手することも、歓声を上げることも、涙を流すこともできない。

ただただ、呆《ほう》けている。

……やがて、観客が去り、照明が落とされた。

彼女は、まだ、呆然《ぼうぜん》と座ったまま、動くことができない。

視線の先で、閉幕したはずの舞台が光で照らされ、一人の中年男が現れる。

彼女をこの場に連れてきた、あの男である。

「観客席から立って、舞台に上がる決心はついたかな？」

何もかもすっ飛ばして、男は覚悟だけを問う。

まるで、それ以外は必要ないかのように。

「――」

もしここで躊躇《ちゅうちょ》していたら、全ては泡と消えたのかもしれない。

まさに、泡沫《うたかた》の夢。

そうであった方が、幸せだったのかもしれない。

「「「――はいっ！」」」

だけど、彼女は頷《うなず》いた。

いや、彼女たちは、頷いたのだ。

「……えっ？」

そこで彼女――藍色《あいいろ》の髪の少女は、ようやく気づく。

黄色の髪の少女と、赤色の髪の少女が、両隣に座っていることに。

自分と、その二人の少女が、同時に返事したことに。

先ほどの質問は、自分だけでなく、三人の少女に向けられていたことに。

そして、他の二人も、自分と同じ表情をしていることに。

「では、始めるとしよう。青、黄、赤の三色組だから『トリ・コロール』とでも名付けるか」

これが、王都の劇場を席巻《せっけん》する新たなアイドルが誕生した瞬間であった。

第五十話　中年男と中年女

日が沈んだ後、寂れた街の、小さな宿の、一室にて。

男と女がテーブルを挟み、向かい合って座っていた。

両者は顔見知りのようだが、妙な緊張感が漂っている。

二人を取り成すかのように、テーブルの上には紅茶と茶菓子が置かれていた。

「……急に呼び出して、悪かったね」

「いえいえ、お気になさらず。紳士でダンディな男は女性からのお誘いを断りませんからね」

女が口にした謝罪に、男は肩をすくめて対応する。

「最初に会った時から思ってたけどね、あんたが演じる紳士な男ってヤツはとんだ的外れだよ」

「ははは、相変わらず辛辣《しんらつ》なご様子で安心しました」

「ふんっ、あんたも変わらないようだね。……できれば変わっていてほしかったけどね」

「はははっ、これ以上悪くはならないので安心してください」

しばらくぶりの対面なのに、男は全くと言っていいほど代わり映えしない。

こっちは相当の変化があったのに、と女は裏切られた気持ちになった。

――中年女の名は、イライザ。

かつては、古びた居酒屋で歌を披露し、日銭《ひぜに》を稼ぐ娼婦《しょうふ》。

今では、踊る人形に歌を提供し、安定高収入を得る元娼婦。

対する中年男は、イライザの歌に惚《ほ》れ込《こ》み、歌って踊る人形売りを成功させたやり手の商人。

……という建前であった。

「だいたいあんたは、私と同じかそれ以上の年齢だろう？　そんなあんたから敬語で話されると背中が痒《かゆ》くなるから、やめておくれよ」

「まあ確かに、お客様と商人の関係は一段落しているし、使い慣れない敬語は疲れるし、イライザ嬢に敬語は似合わないし、そうさせてもらおうか」

「私のせいにするのもやめとくれよ」

「誰しもが自分は悪くない、と思いたいのさ」

敬語をやめた途端、あけすけな態度になった男を前に、イライザは失敗したと後悔する。

「それに、そのパリッとした服装はなんだい？　正直、全く似合ってないよ」

「は、ははっ、そ、そんなはずなかろうて。少ないボーナスで奮発して買った一点物だぞ？」

本日の男は、いつものラフな作業着とは違い、きっちりと仕立てられたスーツにシャツ、ネクタイ、そして髪型までも整えられていた。

惜しむらくは、イライザが言ったように、貧相な顔つきと猫背の寂れた中年男には、全くマッチしていないことだ。

「もしかして、仕事の帰りなのかい？」

「それはありえない。なぜなら、俺は無職だからな！」

「………」

イライザは、「威張って言うな」とか、「無職なら歌う人形を作ってるのはなんでだよ」とか、いろいろと指摘したかったが、話が横道に逸《そ》れるだけなので、流すことにした。

「だったら、今日はどうして、そんなに立派な服を着て来たんだい？」

「そんなの決まっている。——むろん、イライザ嬢からの夜のお誘いに応えるための正装だ！」

「な、なに馬鹿なことを言ってるんだいっ⁉　会う時間を夜にしたのは、あんたみたいな得体の知れない男と真っ昼間から一緒にいたら目立って仕方ないからだよ！」

「うんうん、数多《あまた》のギャルゲーで鍛えた俺には分かるぞ。新手の照れ隠しだよな？」

「言いがかりはよしとくれっ！」

「デレは決して口に出さず、さりげない態度で示す。これぞ正しいツンデレの在り方だな」

「意味は分からないけど、なんだか物凄《ものすご》く腹が立つからやめとくれっ！」

中年男の言葉は、いつもイライザを苛立《いらだ》たせる。

なぜ過剰に反応してしまうのかは、彼女自身も理解できていない。

「あれ？　もしかして本当に、夜のお誘いじゃなかったのか？」

「何度もそう言ってるじゃないかっ」

「そうかそうか、それは少し残念だ」

「……」

「俺は、三十を超えた女性を今まで一度も抱いた経験がないのが自慢でな」

「…………」

「だから今日は、己《おのれ》の信念を曲げる覚悟で正装してきたのに、とんだ肩透かしだよ」

「私が今まで稼いだ金は、殺し屋に頼んであんたを永遠に喋《しゃべ》れなくするために使うべきだね」

「汗水流して稼いだ大金をドブに捨てる行為はお勧めしないぞ?」

「ふんっ」

十代二十代の若い女性しか抱かないということは、特定の恋人や伴侶《はんりょ》がいないからであり、今後も変わるつもりはない意志表示だろう。

ぱっとしない容姿のくせに得体の知れない力を持つこの男なら得心がいくし、その方がどちらにとっても幸せだろうと、イライザは嘆息した。

「それで、俺を呼び出した本当の理由を聞かせてもらえるかな?」

「あんたと私の共通の話題なんて、歌しかないだろう?」

「なるほどなるほど。そこでようやく、イライザ嬢の隣にいるお嬢さんの出番になるのか」

部屋の中にいたのは、中年男と中年女の二人だけではなかった。

イライザの隣の席には、小柄な体をこれでもかと恐縮させて俯《うつむ》き、決して男の方を見ようとしない少女の姿があった。

少女の名は、フラーウム。

くるくるとくせのある黄色い短髪。

暖かい季節なのに、もこもこした白い服を着ている。

「そうだよ、あんたにこの子の面倒を見てもらえないかと思ってね」

「ほほう、無垢《むく》な少女を俺色に染めて構わないと?」

「ひぃぃっ⁉」

中年男から舐《な》め回《まわ》すように凝視された少女は、椅子から転がり落ちてイライザの後ろに隠れた。

「むやみに怖がらせるのはやめておくれよ。話が進まなくなるじゃないか」

「少女から嫌悪感を抱かれるのは中年男のサガだから仕方ないさ」

「あんたのはただの悪ふざけじゃないか」

「可愛い女の子を見るとイジメたくなるのは中年男のサガだから仕方ないさ」

「――――」

「分かった分かった、自重《じちょう》するからそんなに睨《にら》まないでくれ。俺にはマゾっ気もあるが、女性から本気で怒られるのは苦手なんだ」

一応反省したらしい男を見て、イライザは溜息《ためいき》をつきながら説明し始める。

「この子は、私が働いていたあの酒場の新人なんだけどね――」

胡乱《うろん》な男と人形売りの少女に歌を提供し、大金を手にしたイライザは、酒場兼娼館《しょうかん》の仕事を引退したのだが、歌唱力を見込まれ、新人娼婦に芸を仕込む手伝いをしていた。

その教え子の一人が、黄色い髪の少女ことフラーウム。

親に捨てられて娼館へと流れ着いた少女は、接客業に向いていなかった。

小柄で、貧相で、おまけに人見知りが激しいため、毎度毎度見知らぬ男の相手をする器量は持ち合わせていない。

それならそれで、雑用係として食いつなぐ道もあったのだが、一つだけ突出した才能を持つ。

それが、歌、であった。

「ふむふむ、イライザ嬢がそこまで推薦するのだから、凄《すご》い歌い手なんだろうな」

「よしとくれよ、あんたとあの子は私をかいかぶりすぎなんだよ」

「俺の地元でも謙遜《けんそん》は美徳とされるが、自己評価が低すぎるのもどうかと思うぞ」

「……胸に手を当てて、自身を顧みることだね」

「それじゃあ、失礼して――」

「なっ、なんで私の胸を触ろうとするんだいっ⁉」

「いやー、さすがの俺も今日初めて会ったばかりの少女の胸を揉《も》むのは抵抗あるし」

「ひぃぃっ」

「自分の胸に自分の手を当てろって言ってるんだよっ！」

言われたとおりにした男は、「男の胸は自分で触っても気持ちよくないんだよなぁ」と不満そうにしている。

その様子を見て、イライザは盛大に溜息《ためいき》をつき、黄色い髪の少女は泣きそうになった。

「はぁ……。最初に言った言葉を撤回するよ。今日のあんたは、いつにも増して気持ち悪いよ」

「ああ、よく言われるよ」

「自覚があるなら、反省して改善したらどうだい？」

「それは無理だ。これが俺のチャームポイントだからな」

「その認識も、的外れだよ」

「上辺だけ好まれても仕方ないさ」

好みは人それぞれらしいが、少なくともイライザには男の魅力はさっぱり理解できない。

だけど世の中には、この中年男の奇妙な言動を魅力的に感じる者もいるのだろう。

場末の酒場でさえ輝けなかった自分の歌を、世界中に広めようとする馬鹿が存在するのだから、そんな物好きがいてもおかしくない。

「話を戻すけど、そんなわけで、歌を商売にできるあんたに、この子に見合った仕事を紹介してもらえないかと思ってね」

「うむ、事情は理解したぞ。無職の俺にできることは限られるが、それでよければ善処しよう」

「あんたにできなければ、他の誰にもできないだろうよ。……それにしても、本当にいいのかい？　簡単な説明だけで、この子の歌も聞いていないのに？」

「イライザ嬢が見込んだ才能なら間違いないだろうさ。それに、その懐かれ具合だと、きちんとレッスンして仕上がっているんだろう？」

「ふん、あんたはほんと嫌みな男だよ」

「ああ、よく言われる」

「……うー？」

笑って悪態をつく女と、笑って納得する男。

双方の間に流れる妙な空気を感じ、黄色い髪の少女は後ろに隠れたまま首を傾げる。

「……あー」

なんとなくだけど、この二人に任せておけば悪いようにはならない、そう思えた。

「それで、良さそうな仕事はあるのかい？」

「おかげで動く人形作りが順調だから、人形用の歌い手ならいくらでも需要があるぞ？」

「それもいいんだけど、この子は舞台度胸があるから、表舞台に出してやりたいんだよ」

「おっさん一人を怖がる娘さんが、逆に大勢の前が得意だとは、面白い話だ」

「……ううっ」

師匠である中年女と怪しい中年男から注目された少女は、慌てて視線を彷徨《さまよ》わせるばかりで、ろくに返事もできない。

とても舞台に立つような度胸があるとは思えないが、男はニヤニヤと笑うばかりで確認しようともせず、話を続行する。

「だったら、おあつらえむきの仕事がある。実は、王都の劇場を借りて劇みたいなことをやっていてな。最近人手不足で、新しい人員を探していたんだ」

「王都の劇場って、あんた、そんなところまで手を伸ばしていたのかい？」

「成り行きでね。趣味の延長みたいなものだから、勝手が利くのさ。興味があるのなら、イライザ嬢も出演してみるか？」

「……やめとくよ。私はもう、人前で歌うつもりはないよ」

「そいつは残念。まあ、そんなわけだから、そこの舞台だったら参加可能だ」

「お膝元の大舞台だってのに、簡単に言ってくれるね。やっぱりあんたは、一番の適任で一番の不適合者だよ」

「……うー？」

男が女を疑わないように、女もまた男の正体を知ろうとしない。今更な話である。

「それじゃあ、とりあえず舞台で歌う仕事を紹介するってことでいいかな？」

「私はこれ以上ない話だと思うけど、決めるのはこの子だよ。だから、もっと詳しく教えてくれないかい？」

「まだ構想段階だが、現在出演しているのは二人組のグループで、その子もソロ向きじゃなさそうだから、同世代の新しい子を集めて三人組にした方がいいだろう。仕事の内容はもちろん歌うことで、できれば踊りも付け加えたいところだ」

「舞台の頻度は？」

「十日に一度くらいだ。それ以外は、レッスンや休暇など好きに使えばいい」

「そんな長い間隔で仕事になるのかい？」

「劇場を借りているオーナーからは毎日やってくれと言われているが、怠け者の俺にはその頻度が精いっぱいなのさ」

「……給金は？」

「チケット代から劇場の賃借料や当日のお手伝いさんや諸々《もろもろ》の経費を除き、残った利益を出演者で等分すればいい。おおむね、一回の出演で一人当たり金貨二十枚ほどだろう」

「一度の舞台でその金額は、大した稼ぎだね。でもそれだと、あんたの取り分はそんなに残らないんじゃないのかい？」

「俺にとってはただの趣味だから、これで儲《もう》けるつもりはない。それに、どんな役者でも舞台の上で活躍できる期間は短いだろう。稼げる時に稼いでおくべきなのさ」

「……そうだったね、あんたはそういう男だよ」

女のもとへ毎月カラスが運んでくる金額を見るに、動く人形の商売でも同じように、自身は収入を得ていないのだろう。多くの金を投じるくせに、戻ってくる金には興味がない。

道楽者の道楽とは、他人から見ると理解しがたいものである。

「フラーウム、あんたはどうするんだい？　聞いてのとおり破格の条件だし、約束はしっかり守ってくれる。正直、男としては信用できないけど、金持ちの道楽だから小娘を弄《もてあそ》ぶようなケチな真似はしないはずだよ」

「そうそう、俺は少女に優しい紳士だと定評があるから大丈夫だぞ。戸惑うのは最初だけで、すぐに慣れるから」

「……あー、うー」

「難しく考えなくていいんだよ。多くの人に自分の歌を聞いてほしいと思うのなら、この男と一緒に行けばいい。結局は、あんたの気持ち次第だよ」

「そうそう、若者は当たって砕けるくらいの気概がないと駄目だぞ。いつまでも自分の気持ちに背を向けていると、どこぞの意地っ張りなおばさんみたいになっちゃうぞ」

女が投げつけた茶菓子を、男はパクッと食べた。

「もぐもぐ。それに、君は一人じゃない。君とグループを組む仲間があと二人もいるんだ。三つは素晴らしい。三つは最高だ。三つ集まれば、良い知恵が浮かぶし、折れないし、成功する。心配などする必要はない。君はただ、好きな歌を思いっきり歌うだけでいい。後は全て、このダンディかつ紳士で少女が大好きなおっさんに任せればいい！」

男は立ち上がって両手を広げ、甘言《かんげん》を弄《ろう》する。

意味不明な所もあるが、不思議な説得力がある。

それは、神の導きというより、悪魔の誘惑に近い。

人が困った時に信じるのは、道徳だけを語ってパン一つ恵んでくれない神ではなく、リスクがあろうと空腹を満たしてくれる悪魔の方なのだ。

「よくもまあ、そんなにも怪しげな勧誘ができるもんだと、逆に感心するよ」

「それが俺のチャームポイントだからな」

中年男は悪魔かもしれないが、フラーウムにとってイライザは神に等しい。

その神と悪魔の両方が手を伸ばしているのだ。

断る理由など、あろうはずがない。

「おね、がい、しますっ」

――かくして、迷える子羊がまた一人、その身を悪魔に委《ゆだ》ねるのであった。

第五十一話　新人アイドルの憂鬱《ゆううつ》

人の営みに、労働は不可欠である——とは、言い切れない。

働かずとも暮らしていける者も、実際にいるからだ。

それでも多くの者は、何らかの仕事に従事することで得た対価で暮らしている。

人の社会に、仕事は欠かせないのだろう。

仕事の適性を考えた場合、「能力」「やる気」「運」といった三つの要素が重要だ。

だが、その全てを持っていても、仕事で成功できるとは限らず、また、どれも持っていなくとも働き続けることはできてしまう。

例外は、ともかく。

ここで、とある中年男に出会ったが故にデビューすることになってしまった、新たなアイドルグループ「トリ・コロール」の少女たちの適性について考えてみよう。


藍色《あいいろ》の髪の少女、ブラウ。

14歳。農村出身。平凡な体つき。

噂《うわさ》で聞いた歌手に憧れ、後先考えず村を出て、とある男の妹に似ているという理由だけでアイドルに抜擢《ばってき》された少女。

彼女の「能力」は、せいぜい下の上といったところ。

生まれ育った村には歌ったり踊ったりする文化がなかったため、経験不足は否めない。

しかも、先天的な歌唱力もダンス力も今一つで、お世辞にも向いている仕事とは言い難い。

それでも、「やる気」だけは、誰にも負けない。

奴隷に落ちる手段を用いてまで身一つで飛び出してきたのだから、やる気は十二分にある。

憧れに向かって突っ走る突進力こそが、彼女の最大の武器。


黄色の髪の少女、フラーウム。

14歳。小さな街の出身。貧弱な体つき。

娼婦《しょうふ》の見習いをしているうちに指導役から勧められ、とある男に誘惑され、歌で稼ぐ仕事を選んだ少女。

彼女の「能力」は、突出している。

ダンス力こそ低いものの、歌唱力に恵まれ、その澄み渡る歌声は唯一無二の強力な武器。

歌うことが大好きで、「やる気」も高いが、仕事へ向ける情熱とは違う。

彼女には、歌しかない。

人前で上手く話せず、歌以外はからっきしなので、歌に頼るしかない。

しかし、歌の上手さだけで対価を得るのは難しい。

路上で披露しても相手にされず、情緒に欠ける男連中が求めるのは体だけ。

そんな彼女が自分の力で稼げる仕事に出逢えたのだから、必死さは十分にある。

赤色の髪の少女、ロート。

14歳。王都出身。均整の取れた体つき。

劇場でモギリ係のアルバイトをしていたところ、大好きなジュースとお菓子の食べ放題を条件に、人数あわせでグループの一員に抜擢《ばってき》された少女。

彼女の「能力」は、総じて高い。

見たもの教えられたものを、自分の身体で再現する能力に優れている。

特に、恵まれた身体能力による軽快なダンスが得意なので、舞台ではよく映える。

だけど、「やる気」はそこそこ。

アイドルに憧れる気持ちはあるが、食べ物に釣られ、アルバイト感覚が強い。

周囲の期待以上に演じ、笑顔を振りまくのも上手いが、今ひとつ情熱に欠けている。

そう、今は、まだ。


髪の色と同様に、「能力」と「やる気」がバラバラな少女たち。

だけど、一つだけ共通する適性がある。

それは、「運」。生まれも育ちも能力もやる気も異なる三人の少女がグループを組むことになったのは、「運」以外の何物でもない。

後ろ盾を持たない小娘が、王都の大きな舞台に立てるのは、とある男と縁があったから。その一点に尽きる。

「能力」や「やる気」とは連動せず、コントロールも不可能な適性。

「運」という大波に呑《の》まれてしまった者は、とにかく前に進むしかないのである。

◇◇◇

「はいっ、ワンツー、ワンツー、ワンツー――」

トリ・コロールの三人娘は、デビューを目指し、レッスンに明け暮れる日々を送っていた。

責任者兼プロデューサーであるはずの中年男は、基本的に不在。

頼まれれば過剰に協力するものの、自ら指示を出すことはあまりない。

不思議な四角い箱に映し出される映像を参考に、自分たちがやりたい歌と踊りを選び、自分たちで作り上げろと、放任主義。

冷やかしがてら練習場に現れても、汗を流す少女たちを眺め、ニヤニヤと笑いながら適当な合いの手を入れるだけ。

そんな育成方針を聞いたブラウは憤《いきどお》り、フラーウムは泣きそうになり、ロートは欠伸《あくび》をしたのだが、実際のところ男にも教えるだけの知識がないから、どうしようもない。

テレビの録画とはいえ、お手本があるだけマシというもの。

そもそも男の感覚としては、愛人の趣味に付き合っている程度でしかない。

しかれども、下手に指示されるより、自主性が養える分、完成度は高くなる。

「うんたん♪　うんたん♪　うんたん♪――」

それに、先輩であるコン・トラストの二人が、丁寧に助言してくれる。

歳もそう違わないはずなのに、王都の劇場の中でも特に人気を集める彼女たちは、新人にとって憧れの先輩であり、良き姉代わり。

王都に実家があるロートはともかく、故郷から遠く離れた地へとやってきたブラウとフラーウムにとっては、最も頼れる相手。

その役目は、本来ならスカウトしてきた大人の男が果たすべきだが、人には向き不向きがあるのだから、仕方ない。

「よかったい、よかったい、よかったい――」

環境に恵まれた新人アイドルは、少しずつだが、着実に上達していく。

先輩の二人とは違い、一人一人では上手くできない三人だが、トリオだからこそ見映えするパフォーマンスがある。

「よしっ、本日はこれくらいにしよう!」

その日は珍しく、中年男が指導していた。

指導といっても、実際は適当な掛け声と手拍子を続けるだけで、いっぱしのプロデューサー気分に浸りたいだけであったが。

「うんうん、だいぶん形になってきたな」

「……本当に?」

上機嫌な男はそう評するが、トリ・コロールのリーダーに任命されたブラウは納得できない。

「まだ一曲だけだが、後は本番で慣れていけばいい。最初はどんなに無茶に思えても、人は良くも悪くも慣れてしまう。実際にルーネとティーネのネネ姉妹もそうだったから、自信を持ってぶつかればいいのさ」

「でもっ」

「不安に感じるのは、精いっぱい練習した表れ。そもそも頑張りが足りない者は、失敗して当然だから、不安にならない。不安とは頑張った証《あかし》なんだよ」

「…………」

いつもトンチンカンな言動ばかりの男だが、たまにまともなことも言うから、反応に困る。

「……あー、そ、そのっ、これで、失礼しますっ」

「あたしも疲れちゃったからー、もう帰りまーすっ。ねえねえ、だからーっ」

「ほら、これが本日のご褒美、コーラとポップコーンだ」

「やったーっ。それじゃー、ばいばーい」

悩んでいるのはリーダーだけのようで、他の二人はさっさと帰ってしまった。

人見知りのフラーウムは、男と視線を合わせるのを避けるように。

お菓子目当てのロートは、歌と踊りの巧拙には興味なさそうに。

「ふむ、我ながら変わった子ばかり集めてしまったようだな」

「……ねえ、その中に、私は入ってないでしょうね？」

「歌が上手い人見知りや、芸に興味がない芸達者はいるだろうが、アイドルを目指すために奴隷になる娘は、世界広しといえどただ一人だろうなぁ」

「…………」

改めて思い返すと、ブラウには反論しようもない。

田舎の農村から出てきて発展した都会で暮らすようになり、社会の常識を知った今のブラウなら、昔の自分がどれほど馬鹿であったのか、よく分かる。

だけど、その無謀な選択の先に夢見た景色があったのだから、人生とは分からないものである。

「そりゃあ、一番の変わり者は私かもしれないけど、歌手として相応《ふさわ》しいのは、あの二人でしょ。普段はとてもそう見えないのに、練習では簡単に凄《すご》い歌と踊りができちゃうし。私はいっぱい練習しても、ついていくのがやっとなのに……」

ブラウの不安の根底にあるのは、歌手デビューといった未知の体験ではない。

同じ立場のはずなのに、すいすいと先を進んでいく仲間を見て焦っているのだ。

悲しいことに、誰よりもアイドルに憧れ、誰よりも頑張っている少女の才能は、凡庸《ぼんよう》であった。

「やっぱり私は、歌手に相応しくないのかな……」

「…………」

「歌の才能も、踊りの才能も、何も持ってない私なんかじゃ……」

「――俺が持っとるんじゃーーーい！」

真面目に落ち込んでいたブラウは、不真面目なツッコミを受けてビックリした。

「えっ、な、なにがっ⁉」

「だから、イモ子が持っていなくとも、俺が持っているから問題ないと、説得しているのだ」

「お、お兄ちゃんが才能を持ってたとしても、私には関係ないじゃないっ」

「おや、言われてみればその通りだな。おかしいな、この場面にピッタリな格好いい台詞《せりふ》をアニメで見たはずなのに」

確固たる意志を持たず、漫画やアニメなどの創作物から言葉を借りてばかりの男は、慰めるのも下手であった。

「もうっ、慰めるつもりがないなら出ていってよっ」

「うむ、その口調は本当の妹っぽくて大変素晴らしい。よしよし、では俺も本気で慰めの言葉を考えるとしよう。ぽくぽくぽく……」

「どうせ私はっ、すぐに思いつかないくらい才能がない子ですよーだっ」

「うむ、その拗《す》ね方も妹っぽくて大変素晴らしい。本物の妹になる才能があるぞ」

「そんなところを褒められても全然嬉《うれ》しくないっ」

「ははは」

中年男が言うように、傍《はた》から見た二人は仲が良い兄妹に思えた。

ただ、年齢差が大きいので、兄妹というよりは親子にしか見えなかったが。

村から出て来て間もない少女は、まだ純粋であったが、意図せずとも直感的に年上の男を利用するしたたかさを備えていた。

実妹に似ているらしい自分が妹っぽく振る舞えば男が喜び、その結果、自身にも恩恵が返ってくる。

人の社会で円滑に過ごすための一般的なコミュニケーションであったが、単純な男を魅了する手練手管《てれんてくだ》は、アイドルとしての素質の表れかもしれない。

「まあまあ、そう自分を卑下するものじゃない。アイドルに必要な素質っていうのは、歌と踊りが全てじゃないからな」

「大丈夫大丈夫、クラスで一番の可愛さじゃなくても、二番や三番だって輝けるって、アイドルの創造神が言ってたから！」

「……見た目だって私、あの二人に負けてるし。村育ちだから、垢抜《あかぬ》けてないし」

「うーん、やっぱり顔、かな」

「他に何があるの？」

「………………」

男のいい加減な性格に、いい加減慣れてきたブラウは、それ以上ツッコまない。

「結局、私があの二人に勝てるものなんてないじゃないっ」

「だとしても、どこぞの大所帯グループとは違うんだから、内輪で競っても意味ないぞ」

「あーっ、やっぱりお兄ちゃんも、私が一番駄目な子だって思ってるじゃないっ」

「……否定しても納得せず、同調したら怒られるって、どないせいちゅうねん」

結婚できず、恋人も作れない男には、少女の繊細な心の内なんて分かるはずもなかった。

「落ち着いて考えてみよう。シンガーならともかく、アイドルグループってのは、そう簡単じゃない。もしこのグループにイモ子がいなかったら、どうなると思う？」

「………………………」

自称兄に諭《さと》された似非《えせ》妹は、不満げに口を尖《とが》らせながら、その様子を想像してみる。

歌っているとき以外は、人前でまともに振る舞えない、フラーウム。

抜群のダンス力があり、歌もそつなくこなすが、やる気と協調性に欠ける、ロート。

深く考えるまでもなく、グループとして成立するとは思えない。

それに、ソロとしてやっていけるとも思えない。

「ほらほら、よーく分かっただろう。芸達者な奴らは、良く言えば突出した個性の持ち主、悪く言えば社会に馴染《なじ》めない不適合者なのだよ」

「言い方ぁ……」

「そんなじゃじゃ馬を上手く取りまとめ、大衆向けのグループとして成立させるためには、一般的な感性を持つリーダーが必要不可欠なのだよ」

「……だから、何の取り柄もない私が、リーダーに任命されたの？」

「才能があって、更にまともな人格者だったら、その子が一番リーダーに相応《ふさわ》しいのだろう。だけど、突出した才能を持つ者は、他の者を客観的に見ることができない。だから、一歩引いたところから皆をまとめる役が必要なのさ」

「才能がないからこそ、できるってのは、嬉《うれ》しくないけど……。でもっ、舞台の上で認められるためには、それも大事なことかもねっ」

「そうそう、個々では輝けなくとも皆と一緒なら太陽になれる。一つでは駄目でも三つ集まれば、良い知恵が浮かぶし、折れないし、成功するのだ。もはや舞台の成否は、イモ子の手にかかっていると言っても過言ではないぞ」

「そんなに褒めても、『お兄ちゃん』って呼ぶ以上のことはしないからね？」

「それで十分。都合が良い時にばかり頼られ、結構な金と時間を使って誠心誠意サポートし、そして報われないのが、兄としての正しい姿だからな」

「…………」

明らかに歪《いびつ》な兄妹の関係であったが、ブラウは否定しなかった。
そう思わせておいた方が、自分にとって都合が良いからだ。
降って湧いたチャンス。世間知らずの小娘にも、またとない好機だと分かる。
チャンスを逃さないためには、中年男の変態趣味に付き合うのも苦にならない。
アイドルは、下積みが大切なのだ。

第五十二話　アイドルと愛人

「「ありがとうございました！」」

本日のレッスンが終わり、指導してくれた先輩アイドルに対して、新人アイドルは元気よく頭を下げて礼を言った。

「うん、お疲れさま。今日もよく頑張ったね」

「だんだん良くなってきている。でも、まだまだ練習が必要だよ」

先輩アイドルの白い方。姉のルーネは、しっかり者なのに、案外甘い。

先輩アイドルの黒い方。妹のティーネは、おとなしいのに、案外厳しい。

コン・トラストことネネ姉妹による、飴《あめ》と鞭《むち》の指導のもと、トリ・コロールの三人娘は、順調に成長していた。

練習後の雑談中、新人アイドルのリーダーであるブラウは、前々から気になっていた疑問について聞いてみることにした。

「あのっ、先輩方はおにい、じゃなくて、あの人とはどんな関係なんですか？」

ブラウにとって先輩アイドルは、憧れの存在。

村を出るきっかけを作ってくれた二人について知りたい、という純朴な質問だったが……。

「あたいらはね、旦那の愛人なんだよっ」

「そうですっ、お姉ちゃんとわたしは、旦那様の愛人なんですっ」

返ってきたのは、最低な生々しい答えだった。

誇らしげに胸を張って返答する先輩を見て、ブラウは憧れの歌手の姿がガラガラと壊れていく音を聞いた。

「そ、そう、だったんですか……。有名になるためには、やっぱりそこまでしないと、駄目なんですね………」

「それは違うよ。あたいらは舞台で歌うために、愛人になったんじゃないよ」

手は出さないという、怪しい男の言葉を信じた自分が馬鹿だったと、ブラウは後悔する。

「そうですっ、お姉ちゃんとわたしは愛人であり続けるために歌っているんですっ」

「……え？」

そう説明されても、混乱が増すばかり。

「その、先か後かの違いはあっても、結局愛人だからこそ、じゃないんですか？」

「いいや、違うね。あたいらがお願いして愛人になった時は、歌で稼ぐなんて考えもしなかったし、旦那も望んでなかったからね」

「そうですっ、お姉ちゃんとわたしは旦那様に飽きられないために歌っているんです！」

要するに、歌手という現在の輝かしい立場は、愛人側が関係を継続させるためにやっている手段にすぎず、肝心の男は、女のわがままに付き合っているだけ、と主張したいらしい。

「その、今の話を聞くと、あの人にはメリットがないような？」

「あー、それは耳が痛い話だねぇ」

「……そうですね、旦那様の手を煩《わずら》わせているだけかもしれません」

「あっ、す、すみませんっ、余計なこと言っちゃいましたっ」

「いいんだよ、それが事実だしね。結局いつまで経《た》っても、あたいらは旦那に甘えてばかりさ」

「旦那様は、お姉ちゃんとわたしが愛人だから、甘やかしてくれるんです。……だから、愛人じゃなくても親身にされているあなたたちが、少し羨ましいです」

「「…………」」

お菓子とジュースに釣られ、成り行きで舞台に上がったロートには、理解できない。

親に捨てられ、イライザに拾われ、男に連れてこられたフラーウムには、少し理解できた。

そして、妹に似ているという理由だけで優遇されているブラウには、痛いほど理解できた。

愛人である姉妹を惑わせ、新たに三人の少女を巻き込んで、男は何をしたいのだろうか？

本当に、ただ頼まれたから、やっているだけなのだろうか？

決して安くない資金を投じ、長い時間を費やしてまで――。

「旦那は言ったよ、いつまでも愛人のままじゃいられないだろうって。だから、その時まで、せいぜい稼いでおけって」

「きっと、舞台で歌うのも同じなんです。そう長い時間、夢の中にはいられないから」

「…………」

ああ、そうだったのか……。と、ブラウは納得した。

ふざけた態度はともかく、最初に出会った時から、男は好意的だった。

奴隷から解放し、仲間を村へと戻し、自分には望んでいた立場を与えてくれた。

なのに、男を完全に信用することはできなかった。

それはきっと、男のこんな性質を感じ取っていたから。

あの男にとっては、何もかもが、さして重要ではないのだろう。

だからこそ、愛人という契約や、肉親に似ているなどと理由を無理やり付けて、目に見える形で優先順位をつけているのだろう。

指針がない心を強引に型にはめ、方向性を定めようとしている。

その方が、ヒトらしいから……。

でも、仮初《かりそ》めの優先度だから、いつまで続くのか、本人にも分からない。

ちょっとしたことで壊れたり、本当に大切なモノが見つかったりすれば、あっさり切り捨てられてしまう。

そんな、作られた理性が、男の危うさ。

「でも、あたいらは諦めないよっ。旦那に見放されないために歌ってるんだからねっ！」

「そうですっ、旦那様が本当に愛する人に、いつかきっとなってみせますっ！」

でも、男に振り回されているだけだとしても、関係ない。

誰もが生まれ持った性別に、能力に、環境に振り回されて生きているのだから。

今更それが一つ増えたくらい、気にしても仕方ない。

要は、その中で、自分がどう思い、どうしていくのかが、大切。

「――私も頑張りますっ。お兄ちゃんが頭を下げて、プロデューサーを続けさせてくれって言ってくるような、立派な歌手になってみせます!!」

かくして、奇妙な理由でやる気を出した者が、また一人。

本人にはおぼろげな目的しかないのに、相反するように周りの者は奮い立つ。

本人は寝たままで周りを活性化させる様は神のようであり、さしたる用もないのに動いて、周りを引《ひ》っ掻《か》き回す様は悪魔のようでもある。

……だが、神と悪魔を同時に宿すモノがいるとしたら、それこそヒトしかありえないだろう。

第五十三話　仕事をしない男

王都の劇場で人気を博すアイドルのデュオ「コン・トラスト」。

続く二組目として結成されたトリオ「トリ・コロール」の育成は、順調に進んでいた。

その新人アイドルの代表に抜擢《ばってき》された少女ことブラウは、流れ出る汗をタオルで拭き取りながら、心地よい気怠《けだる》さに満足感を覚える。

大きな鏡に映る自分の動きに手応えを感じるようになったし、指導役である先輩姉妹も太鼓判を押してくれている。

晴れの舞台に立つ日は、もう間近だ。

「今日も顔を出さないなんて、やる気がない証拠じゃないっ」

それなのに、不満が口から漏れる。

矛先は、言うまでもなく、彼女をここに連れてきた中年男。

少女たちの自主性に任せっきりで、全く仕事をしない男に対し、アイドル兼妹役を演じるブラウは憤《いきどお》りを隠せないでいた。

「そんなことないって、ああ見えて旦那はちゃんとやることやってるよっ」

「そうですっ、旦那様の仕込みはいつも完璧なんですっ！」

アイドル兼愛人であるらしい姉妹の前で愚痴ったら、案の定怒られてしまった。

優しくて面倒見が良い先輩だが、中年男への信頼が厚すぎるところが欠点だ。

「どんなに頑張っても、あたいらができるのは自分のことだけ。だから旦那は、それ以外の全部を準備してくれるんだよ」

「劇場の手配や宣伝はもちろん、演出から雑用まで全部旦那様の担当なんです」

「演出や雑用って、舞台を光で照らしたり風を流したりといろいろ手伝ってくれる大変な作業ですよね？　あれって、劇場を管理している人がやってくれてるんじゃないんですか？」

「劇場のオーナーさんは場所を貸してくれるだけ。お金を出して頼めば協力してくれるかもしれないけど、きっと旦那のような作業は無理だと思うよ」

「そうですっ、どんなに王都が凄《すご》くても、旦那様が一番ですっ」

そう言われてみれば確かに、とブラウは思い返す。

王都へ連れてこられた当初、目を養うためにいろいろな演し物《だしもの》を見て回った。

一つ一つに特徴があったが、やはり手作り感が強く、魔法を駆使した華やかで高度な演出を行っている劇団は一つもなかった。

「それじゃ、お、お兄ちゃんが、魔法の得意な人をたくさん雇って指示してるんですか？」

「違うね、旦那一人でだよ」

「そうですっ、演出も照明も効果も全て旦那様一人でやってくれてるんですっ」

「で、でもっ、黒頭巾《くろずきん》の人がいっぱい手伝っていたじゃないですか？」

「あれも全部、旦那が魔法で動かしてるんだよ」

「ええっ⁉」

ブラウが使える魔法は、低ランクの水魔法だけ。農民の多くはその程度。

都会が発展しているといっても、一般市民の魔法技能は大して変わらないと聞いたことがある。

だから、劇を彩る数々の魔法がいかに規格外なのか、理屈以上に肌で感じてしまう。

「……そんなこと、本当にできるんですか？」

「あたいも魔法に詳しくないけど、きっと他の人じゃ無理だろうね」

「そうですっ、旦那様だからこそできるんですっ」

「………もしかして、お、お兄ちゃんって、ただの金持ちじゃなくて、もっと凄《すご》い人なんでしようか？」

「そうだね、きっとそうなんだよ」

「はいっ、きっと想像もつかないくらい凄いんです」

「…………」

◇◇◇

最近、俺の似非《えせ》妹の様子がちょっとおかしいんだが？

厳しいレッスンを一緒に乗り越えて、少しは打ち解けたと思っていたのに、妙によそよそしい態度を取るようになったのだ。

俺と会話している時も、何だかご立腹で目を合わせてくれず、かと思えば背中から視線を感じることが多くなった。

ご機嫌を取ろうとお菓子を差し出すと、どうしてだか余計に不機嫌になる。

まあ、お菓子はしっかり食べてるんだけどな。

これが反抗期ってヤツか。第二次成長期ってヤツか。胸はまだ小さいけど赤飯が必要なのか。

よき兄としては、妹の独り立ちを見守るべきかもしれないが。

……くすん。

お兄ちゃんは悲しいよ。

第五十四話　委員長と不良娘

少女の渾名《あだな》は「委員長」。

実際に学園のクラス委員長を務めているから正式な呼び方だが、クラスメイト以外からもそう呼ばれるので、渾名に違いない。

友人曰《いわ》く、「何だか委員長っぽいから」だそうだ。

本人がそうであるように心掛けている結果、他人からそう見えるのは当然。

ただし、本人と他人の間には、多かれ少なかれ認識の齟齬《そご》があって。

本人が「規則正しい模範生」を信条としているのに対し、他人からは「融通の利かない堅物」だと思われてしまうのは、致し方ない現実なのだろう。

そんな堅物委員長も、夢見るティーンの乙女には違いない。

規則の範囲内でお洒落《しゃれ》に気を使うし、異性にも興味がある。

一番の趣味は、演劇の鑑賞。

歴史劇のような教養を深める内容よりも、派手で面白い演《だ》し物《もの》を好む。

校則違反ではないし、公序良俗にも反しない真っ当な趣味であるが、学園における自分のイメージとは違うと承知しているため、誰にも話していない秘密の道楽である。

今日もまた、変装して大好きな劇場へと足を運ぶ。

最近のお気に入りは、異国の音楽を扱った演し物。

演劇のような決まった名前はないが、コン・トラストと名乗る二人組の少女が不思議な歌と踊りを披露する、人気の舞台だ。

(今回も席が取れてよかった)

デビューしてさほど月日が経《た》っていないのに、人気の程はベテランにも引けを取らない。

公演の頻度が月に数回だけと少ないため、チケットは売り出されるとすぐに完売。

入手できるかどうかは運頼みだが、人が介在するだけに抜け道がある。

劇場を貸しているオーナー特権で確保される分の中から、オーナーの親族に当たる父に頼んで優先的に譲り受けているのだ。

小狡《こずる》い方法だが、堅物委員長と呼ばれる少女がそうまでして手に入れたいだけの魅力が、その演し物にはあった。

(……助かった、今日はあの子がいないみたい)

初めて見るモギリ係にチケットを渡し、劇場の中へと進む。

委員長の秘密の趣味は、誰も知らない。誰にも知られてはいけない。

威厳が損なわれるから。

それなのに、お気に入りの劇場では、顔見知りのクラスメイトがアルバイトしている。

赤い髪の少女は、学園では不良グループとまではいかないものの、授業中も寝てばかりで、試験の点数も悪い落ちこぼれ組。

当の本人は全く気にせず飄々《ひょうひょう》としており、相容《あいい》れぬ委員長との接点は少ない。

学園内ではろくに挨拶もしない間柄なのに、チケットを渡すと、変装している姿を不思議そうに見てくるので、いつも肝を冷やしていたのだが……。

（もしかして、辞めちゃったのかな？）

いない方が安心できるはずなのに、実際に姿が見えないと寂しく感じる。

素晴らしい演し物《だしもの》を知る者同士、仲間意識があったのかもしれない。

（所詮は他人。気にしても仕方ない。それよりも、今日の舞台をしっかり楽しもうっ）

切り替えの潔さは、堅物と揶揄《やゆ》される委員長らしからぬ長所。

余計なことを気にして娯楽に没頭できない者は、損するだけなのだ。


（ああっ、今日も最高っ）

光と汗と歓声が飛び交うなか、委員長は人目もはばからず恍惚《こうこつ》とした表情を浮かべる。

内容は歌と踊りだけだが、毎回新曲や多彩な演出が追加され、飽きることはない。

それに、従来の演し物では見られなかった、魔法を有り余るほど使いまくった演出の連続に、感性が追いついていないから、楽しめる余地はまだまだある。

（次はどんな曲かな。……あれ？）

いつもと同じ、最高の歌と踊り。

いつもと同じ、華々しくも愉快な演出。

だけど、いつもと同じではない、大きな変化があった。

（まさかっ——）

千差万別な芸であっても、演じるのはたった二人の少女だったはず。

それなのに、今、目の前の舞台には、初めて見る三人の少女が立っていた。

（うそっ⁉）

新たなグループの登場に驚いたのではない。

何もかもが新しすぎる舞台なので、驚くのは当然のこと。

だから問題は、初めてではない、見知った顔があること、だ。

（ま、間違いないっ。あの赤い髪の子は、ここでアルバイトしているロートさんだわっ！）

どうして、彼女が舞台に立っているのだろう？

どうして、彼女はあれほど素敵な踊りができるのだろう？

いつも学園で眠そうにしている彼女が、どうして、あんなにも輝いているのだろう？

（うわっ）

先輩の二人に比べれば、今回新たに登場した後輩三人の演技は拙《つたな》い。

初陣《ういじん》なので、緊張しているのだろう。

にもかかわらず、彼女たちは強い輝きを放っていた。

（うあっ、あああっ――）

委員長は、舞台に立つ少女に、憧れを抱いているわけではない。

自身の心を満たしてくれる存在に、感謝しているだけ。

そう、今日から感謝を捧げる対象に、クラスメイトが加わった、だけ――。

◇◇◇

「ねえねえロートさんっ、今日もお弁当を作りすぎちゃったから、食べてもらえない？」

「わー、ありがと、いいんちょー。でもー、最近もらってばかりだけど、いいのー？」

「いいのいいの。それよりも、勉強で困っているところはない？　これからは、一緒にお勉強しましょうね」

「それもうれしーけど、いいんちょーは大変じゃないのー？」

「ロートさんは他で頑張っているから、そんなの気にしなくていいのよ。何でも私を頼ってね」

「うんっ」

その日を境に、急に仲良くなった堅物の委員長と奔放《ほんぽう》な赤髪少女のことが学園で話題になるのだが、その理由を知る者は、いない。

第五十五話　三つのデビュー

拝啓　イライザ様
新緑の候、いかがお過ごしでしょうか。

無職であるはずの俺は、なぜか忙しい日々を送っております。

引退して食っちゃ寝している誰かさんが大変羨ましい今日この頃です。

さて本日は、貴方様《あなた》の大切なお弟子さんのデビューの日が決定したのでお知らせいたします。

つきましては、ＶＩＰチケットを同封しておりますので、ぜひともお越しくださいませ。

ダンディで気が利く紳士より

「このっ」

イライザは、読み終わった手紙を投げ捨て――られなかった。

普段ならそうしていただろう、間違いなく。

だけど、今日ばかりは、捨てられない理由があった。

「あっ、そ、そのっ……」

なぜなら、手紙を持ってきた黄色い髪の少女ことフラーウムが、じっと見ているからだ。

少女の瞳は不安げで、それでいて期待に満ちている。

「……分かったよっ！　行けばいいんだろう、行けばっ」

観念したように、イライザは叫んだ。

少し前まで世話していた愛弟子《まなでし》の劇場デビューを知らせる手紙。

思いやりと優しさが込められた善意に見えるが、その実、フラーウム本人に手紙を持たせることで逃げ場を奪おうとする意図が感じられる。

イライザの脳裏には、腹を抱えて大笑いする中年男の姿がありありと浮かんだ。

「ありがとう、ございますっ」

唯一の救いは、愛弟子の笑顔を見られたこと。

そうでも思わないと、やってられない。

「向こうで会ったら、殴ってやるっ」

手紙と一緒に渡された、三十路《みそじ》超えの女には似合わない派手なドレスを見て、イライザは隠しきれない殺意を抱いた。

◇◇◇

三人は、舞台に上がり――。

「「「わあぁぁーーーっ」」」

大歓声のなか、三人組の新人アイドルは、デビューの舞台を終える。

「…………」

愛弟子が独り立ちする姿を、イライザは最前列で見ていた。

彼女が知る歌やダンスとは何もかもが違いすぎて、巧拙までは判別できない。

それでも、フラーウムが最後まで一生懸命に歌いきった姿が目に焼きついている。

自分の後ろに隠れてばかりだった少女は、今、大人になったのだ。

「………」

表舞台に立つ自身の姿を想像したことはない、といえば嘘《うそ》になる。

憧れと未練が、まだ残っている。

だけど、自分の代わりに弟子が舞台に上がったことで、昇華されたと感じる。

イライザの夢は、今日、叶《かな》ったのだ。

「………」

感無量、という言葉はこのような時に使うのだろう。

後は、幕が下りて大団円。

心地よい余韻《よいん》を残したまま、終わりを迎えることができる。

「……？」

なのに、下りたはずの幕が、また上がりだした。

ざわざわと観客が戸惑う様子を見るに、斬新な演出が多いこの演し物《だしもの》でも珍しいのだろう。

再び幕が上がった舞台上にあったのは、一台のピアノ。

……と、その隣に立つ、裏方であるはずの黒子。

その組み合わせを見て、イライザは猛烈に悪い予感を抱いた。

「あー、あー、テステスー。えー、ご来場の皆様方。本日は新グループのお披露目の他に、もう一つサプライズをご用意しておりまーす」

そう言って黒子は、恭《うやうや》しく一礼する。

聞き覚えがある中年男の声に、イライザの予感は確信へと変わる。

それを裏付けるかのように、舞台の脇から一人の少女がおろおろと出てきて、イライザの正面で立ち止まった。

「あのっ、そのっ、わたしもっ、あなたの歌がっ、聞きたいですっ」

舞台の上から観客席へと手を伸ばしてくるのは、黄色い髪の少女。

「————っ」

その手を拒絶する術《すべ》を、イライザは知らない。

フラーウムの後方で、黒子が肩を震わせて笑っている。

よくもまあ、こうも的確に、相手が嫌がることを思い付くものだと感心する。

「……あんた、後で覚えときなよ」

「ということは、美声を披露してもらえるんで?」

「ここまでやっといて、よく言うよ。この子の初舞台を半端にしたくないからね」

「そうそう、全ては可愛い弟子のため。そう考えれば全て丸く収まるってもんだ」

「私の怒りはちっとも収まっちゃいないよっ。……それはさておき、大勢の前でいきなり歌えと言われてもねぇ?」

「大丈夫大丈夫、こんなこともあろうかと、ピアノの先生と秘密レッスンで鍛えてきたからな」

自信満々に告げた男は、椅子に座り、おもむろにピアノを弾き始めた。

「あっ……」

聞き覚えがある旋律《せんりつ》に、イライザは目を見開く。

それは、彼女が最も得意とする歌。

踊る人形に組み込まれ、今では多くの母子を笑顔にしている、優しい歌。

ここまでお膳立てされたら、もう何も言い返せない。

そして、彼女は舞台に上がった。


こうして、ソロ、デュオ、トリオの三組が揃《そろ》った最初の舞台は、今までで一番の拍手が鳴り響くなか、幕を下ろした。

これ以降、幕間《まくあい》には黒子の寸劇に置き換わり、彼女の優しい歌が場を和ませることとなる。

黒子役の中年男は、代役を立てて楽できるともくろんでいたようだが……。

ピアノ奏者として本番のみならず練習まで付き合わされ、今まで以上に忙しい日々を送るようになるのだが――それはまた、どうでもいいお話。

第五十六話　血液型占い

深夜の真っ暗な劇場。

客席の真ん中に座り。

男は虚空《こくう》を見つめる。


「うーむ、どうしてこうなったのやら……」

近頃、王都の劇場を賑《にぎ》わしている自称プロデューサーは、将来を憂《うれ》えていた。

「妹にそっくりな少女の登場に興奮してしまい、ついつい似非《えせ》プロデューサー業に熱が入ってしまったんだよなぁ」


男の血液型は、O型。

男の故郷には、血液型占いという、科学的な分類法に基づく非科学的な分類法がある。

この占いによると――。


O型は、熱くなりやすい。

「しかも、イモ子以外に三人も追加するなんて……」

O型は、頼まれたら断れない。

「いつまでもネネ姉妹とアイドルごっこしてられないよなぁ、と思っていたら、なぜか新人アイドルが爆誕してしまったんだよなぁ……」

O型は、大雑把《おおざっぱ》。

「そもそも、プロデューサーを引退するのなら、アイドルの代わりじゃなくて、俺の代わりを見つけなきゃいけないんだよなぁ」

O型は、うっかり屋さん。

「これでまた当分の間は、引退できないだろうなぁ」

O型は、変なところで几帳面。

「でもなぁ……」

O型は、面倒くさがり。

「はぁぁぁ…………」

O型は、熱しやすく、冷めやすい。

男は、異なる世界で。
道楽を求め。
道楽を見つけ。
道楽を堪能し。
道楽に慣れ。
そして――。

道楽に、飽きはじめていた。

第五十七話　農畜産物ブランド力の強化計画

『──すまない兄者《あにじゃ》、少し問題が起きた』

俺の似非《えせ》妹をアイドルもどきにするべく、デビューに向けて準備していたところ。

奴隷諸君を引き連れて農村に向かっていたクーロウから、ヘルプの通信があった。

大抵の事態なら自分たちで対処可能な力を持つ狼族《おおかみぞく》の兄妹にしては珍しい。

よほど予想外の事態なのだろう。

『分かった。すぐそっちに行く』

俺は詳しく聞かず、現地へ赴くことにした。

ややこしい課題を電話だけで解決するのは難しい。直《じか》に見て考えた方が確実なのだ。


「それで、何があったんだ？」

アイテムで通信しつつ、兄妹を目標にして転移する。

降り立った場所は、のどかな農村としか表現しようがない、普通の村。

素朴な景観と土の匂いに懐かしさを感じる。

「おおっ、わざわざ来てもらってすまないな、兄者っ」

「本当なら大兄様のお手を煩《わずら》わせずに解決したかったのですが、少々込み入った問題で……」

無駄にやかましく無駄に嬉《うれ》しそうな兄クーロウと、本当に申し訳なさそうなクーレイが出迎えてくれた。この様子だと、緊急性のある問題ではなさそうだが。

「いいさ、後々面倒になるのなら、事前に報告してくれた方が遥《はる》かにマシだからな」

新人君は怒られるのを恐れて、失敗を隠そうとする。

それがさらに大きな怒りを呼び起こすとは知らずに。

ちなみにこの失敗談は、被害者側ではなく、加害者側としての体験談である。

「お、お久しぶりです、旦那様っ」

「は、初めまして。わたくしは、この村の村長です」

転移した先には、狼族兄妹に加えて、奴隷組のリーダー君と、村長と名乗る老人が待っていた。

二人とも突然現れた俺を見て驚いているらしい。

だんだん人前で力を使うのも気にしなくなってきた。ほんと、慣れというものは恐ろしい。

「こちらこそ初めまして。俺はこの兄妹の雇用主みたいなもので、グリンといいます。何か不都合でもあったのでしょうか？」

年配のお偉いさんが相手なので、下手くそな敬語で対応する。

敬語を使う俺を、兄妹がびっくりした顔で見ている。失礼な奴らだ。

日本人には老人を労《いたわ》り敬うといった英才教育が施されているのだ。

だから、俺がお爺《じい》ちゃんになったら、甘やかしてくれよな。

「はい、それが――」

村長とリーダー君の話をまとめると、こんな感じになる。

止《や》むを得ず奴隷にしてしまった仲間が戻ってきたことは、大変喜ばしい。

元々住民が少ない農村なので、労働力が確保できてありがたい。

金銭事情についても、奴隷商から得た金があるので、一年程度なら問題ない。

けれども、それ以前に、如何《いかん》ともし難《がた》い問題がある。

それは、仲間を売った金だけでは到底解決できない、農村の存続に関わる大問題。

「河川の枯渇、ですか……」

用水の確保は、人の営みにおいて、そして農業において必須条件だ。

元来、この農村の近くには川が流れていたらしい。

それなのに、急に水量が少なくなっていき、ついには水流が途絶えてしまったのだ。

河川の存在自体が自然現象の一つなので、人の力で制御するのは難しい。

その前に、急激な変化が起きた理由は、何であろうか。

「川が枯れる前に、何か変わった現象はありませんでしたか？」

「は、はい、少し前に、地面が揺れる不思議なことが起こりまして。そう大きな揺れではなかったのですが……」

「あー、地震ですかー、だったらソレが原因かもしれませんねー」

以前、海辺の街で巻き込まれたあの地震の影響が、ここまで及んでいたとは思わなかった。

千里眼アイテムを使い、上空からの視点で周辺の地形を確認してみる。

……やはり、か。

この農村は、自然崇拝教のシスターと出会った海辺の街に結構近いようだ。

日本人だけに、よほど地震と縁があるらしい。むろん、悪縁だが。

「おそらく、その地揺れの影響で、河川の上流の方で変化が生じたのでしょう」

「はい、わたくしどももそう考えているのですが、手の打ちようがない状況でして……」

原因が判明しても規模が大きすぎて、小さな農村に住む人数程度では対処しようがない。

時間と金を使えば、河川の改修工事が可能かもしれないが、そのどちらも不足していて、更に知識もないから詰んでいる状態。

なので、最後の手段として、奴隷商人に頼ったってわけか。

それでも一時凌《しの》ぎにすぎず、商人から得た金では冬は越せても翌年の目処《めど》が立たない。

確かにこんな状況では、労働者だけ増えても使い道に困る。

来年までに河川が復活して豊作に恵まれるような偶然が起きなければ、全ての農民が奴隷になるしか生きる道がない。

「なんでも諦めが肝心だと思うが……」

世界は広い。探せば、水が潤沢で農地も作りやすく先住民がいない土地もあるだろう。

だけど、何十年と暮らしてきた故郷を捨てて新たな土地を探すには、希望以上に、諦める勇気が必要だ。あれほど発展していた俺の地元でも、災害に巻き込まれる恐れがあると理解していながら危険地帯から離れられない人が多い。望郷の念とはそれほど強いのだ。

だからこそ、奴隷になってまで飛び出したイモ子の異常性が際立つ。

ほんとに俺が偶然見つけていなければ、どんな末路を辿《たど》っていたのか考えるだけで恐ろしい。

「そんな理由で、どうするのが一番良いのか、俺たちでは分からないんだ、兄者《あにじゃ》」

「お役目を果たせず本当に申し訳ありません、大兄様」

「いや、お前らに頼んだのは送り届けるまで。その先は別問題だから、気にする必要はない」

そうは言ったものの、問題は消えてなくなりはしない。

村に送り届けたのに、水がなくては農作業もできず、みんな食っていけない。結局、俺のやったことは、またしても拗《こじ》らせただけ。

正しいと思われるであろう行為を選んだつもりなのに、世の中は上手くいかないものである。


「さてさて、どうしたものか」

乗りかかった船。最後まで責任を取るという体《てい》で解決するのは簡単だ。

一生分の食料や金を渡す方法が最も簡単だし、彼らが望むのであれば安定した土地を探し出して引っ越しを手伝ってもいい。

だが、それだと負けた気がする。

奴隷から解放して故郷に戻したことが無意味であったと、認めてしまうようで悔しいのだ。

「そうだな……」

それに、義理や人情で対応しても面白くない。俺の座右《ざゆう》の銘《めい》である「塞翁《さいおう》が馬《うま》」が泣く。

この予期せぬ道を上手く楽しんでこその道楽。余裕の表れなのだ。

だから、ここで俺が口にすべき台詞《せりふ》は、こうであろう。

「――いい機会だから、利用させてもらおう」

◇◇◇

「この村を丸ごと、商人様専用の食料供給基地にしたい、ですか？」

俺の提案を聞いた村長は、「なに言ってんだこいつ？」みたいな視線を向けてきた。

聡明なリーダー君も同じ表情をしている。さらに、俺に懐いているはずの狼族《おおかみぞく》の兄妹も、だ。

至極《しごく》真っ当な反応ではあるが、とても悲しい。くすん。

なお、話を進めやすくするため、俺は地方から特産物を仕入れている商人、と説明している。

「ええ、実は前々から、現地の食材で作られた美味《お》しい料理を食べたい、と思っていたのです」

補足説明を聞いた彼らは、ますます意味不明な表情をした。

けれども、それこそが嘘《うそ》偽りない俺の本音。

この世界の料理は、まずい。

俺が目指す紳士の国であるイギリスさんに匹敵するレベルだ。

実際には行ったことないし食べたこともないので、風評に基づく想像上の比較だが。

俺の口に合わない一番の原因は、調理技術の拙《つたな》さだろうが、農作物の栽培技術や品種改良が進んでいないことも大きいはず。

調理技術の向上は、あのプロジェクトを発動すれば解決するはず。

だからここでは、日本人向けの食材を確保したい。

複製魔法を使えばいくらでも調達可能だが、それでは味気ない。

同じものばかりでは、いつかきっと飽きてしまう。

そんなわけで、俺好みの農畜産物を生産する農場が欲しいなー、と思っていたのである。

「し、しかし、先に申し上げたように、この村には水がなくて作物が育たないのです」

「それはつまり、昨今の社会情勢に鑑《かんが》みた持続的発展可能な農業用水の安定供給さえ実現できれば、この話を受けていただけると解釈していいんですよね？」

まだ混乱している村長とリーダー君を安心させるため、にっこりと笑ってみせる。

その瞬間、二人がビクッと怯《おび》えた表情を見せたのは、気のせいと思いたい。

とにかく、大船に乗ったつもりで任せておきたまえ。

俺は頭脳派だが、力業もそこそこ得意なのだよ。

しばらく説明を続けると……。

俺の非常識さの一端を知るリーダー君のフォローと、狼族《おおかみぞく》の兄妹からの根拠のない推薦もあって、村長は首を傾げながらも了解してくれた。

むろん、用水を確保してみせることが絶対条件であるが。

それでも、約束は約束。後から怖《お》じ気《け》づいて断ろうとしても駄目だからな。


「よーし、まずは水源の確保から始めるか！」

土壌や気候は問題ないようだから、最大の弱点である水さえ補えばどうにかなるだろう。

排水や農道など他の基盤整備は、兄妹や使い魔に後でやらせればいいし。

実際のところ、水稲《すいとう》などの湛水《たんすい》作物やビニールハウスの中で栽培する施設園芸でもなければ、それほど多くのかんがい用水は必要ない。

雨がそれなりに降る地域であれば、自然の恵みだけでもおおむね賄《まかな》える。

農業への補助金が大好きな日本でも、畑地の用水整備は半分にも満たないのだ。

だけど、質が良い作物を安定生産するには、植付時など重要な生育期の散水は不可欠で、そして何よりも干ばつを回避しなければならない。

それに、俺が食べたい農作物は、消費水量が少ない野菜や果実だけではない。

日本人が愛してやまない、米。水田に水を張って作る米は、消費水量も半端ない。

故に、大規模な水源を整備せねばなるまい。

「川は復旧できたとしても何かと不安定だから、ため池を作るか」

透視と千里眼アイテムで地面の下を確認したところ、ここら一帯は地下水が豊富らしい。

これなら枯渇する心配はないだろう。

「とにかく、一度掘ってみるか。百メートルも掘れば十分みたいだし。よし、このどんな武器にでも形を変えるアイテムを使って——シュワッチ！」

掛け声とともに空高くジャンプし、武器アイテムを巨大なアイスピックに変化させ、勢いよく投げ落として地面を串刺《くしざ》しにし、引っこ抜けば、ほら。

「一丁上がり、と」

ぽっかり空いた縦穴から噴き出す地下水を見て、満足げに頷《うなず》く。

鑑定アイテムで確認すると、水質にも問題はなさそう。

後は付与紙を使って、配管やポンプなどの通水機能を整えれば、井戸が完成。

付与紙の万能っぷりには、毎度頭が下がる思いだ。

地下水は日本でも取水権がないらしいから、どれだけ汲《く》み上げても文句は言われないだろう。

「入れ物も必要だな」

井戸近くの地面を抉《えぐ》って窪地《くぼち》をつくり、複製魔法を使ってため池を出現させる。

素掘りだと長持ちしないので、漏水しないように全体をコンクリートで固めた頑丈なタイプだ。

この井戸とため池のセットを三箇所ほど設置しておけば、水の心配はなくなるだろう。

「…………」

「…………」

「どうかしたのか？」

俺の隣で一連の作業を見ていた兄妹が、ぽかんとしていた。

「相変わらず兄者《あにじゃ》の所業は、人類がどうあがいても敵《かな》わぬほど非常識だなっ！」

「私たち兄妹も人類の中ではトップクラスの力を得ているというのに、とても真似できるとは思えません」

おい、俺を人類の枠から除外するのはやめろ。

「馬鹿なことばかり言ってないで、後は頼むぞ。コレを繋《つな》げて、ため池から畑までの水路を作っておいてくれ」

複製魔法を使って、コンクリート水路の一部分をたくさん出現させる。

これをレゴみたいに繋げてやれば、水路の完成だ。ちゃんと処理しないと接続部から漏水するだろうが、水量に余裕があるので少々のロスは問題ないはず。

「どう見ても馬鹿げているのは兄者の方だと思うが、しかと了解したぞっ」

「それで、大兄様はどこへ？」

「俺は家畜用に野生動物を捕ってくる」

そう言い残して、転送アイテムで移動。

村を丸ごと俺専用の食材供給基地にするのだから、作物だけではもったいない。

せっかくなので、焼き肉業界の三種の神器である牛、豚、鶏《にわとり》も飼育しよう。

俺の複製魔法は、無機物と植物類は可能だが、生きている動物類は不可能。

だから、現地で調達する必要がある。

こんなこともあろうかと、散歩中に発見して目を付けていた動物を捕獲してくるだけ。

野生種なので味は落ちるだろうが、月日を重ねて品種改良を続けていけば、いつか和牛にも劣らないブランドができるかもしれない。

老後の楽しみとして、気長に待とう。


「「「えええっっ⁉」」」

大量の野生動物と一緒に、転送アイテムで村に戻ったら、村民から驚かれた。

この地域には棲息していない種類だから、珍しいのだろう。

「そ、その動物は、いったい？」

村長が青い顔をして聞いてくる。

「作物だけでなく、家畜も育てたいので捕まえてきました」

「で、ですが我々は、家畜を扱った経験がないのですが？」

「残念ながら俺も畜産の知識に乏しいので、手探りでやるしかないでしょうね。まあ、金と時間はありますから、気長にやりましょう」

「は、はい……」

不安そうにしながらも、村長は一応頷《うなず》いてくれた。パワハラ最強だな。

家畜は食べるだけでなく、労力にもなるし、糞《ふん》は堆肥《たいひ》にも使えるから、上手く繋《つな》がれば作物の質も向上するはずだ。

どうしても無理だったら、諦めればいいだけ。

リスクを考えず試せるのだから、いろいろと挑戦しないのは損であろう。

「それで、今まではどんな作物を作っていたのですか？」

「はい、麦と根物の野菜が中心でございます」

ふむ、干ばつに強いチョイスなのは仕方ないが、それでは食卓に彩りが望めない。

「これからは水がいっぱい使えるので、どんどん新しい作物を作っていきましょう。もし失敗しても、毎年の暮らしは保障するので安心してください」

「ですが、この村にはあまり多くの種類の作物はありませんが？」

「作物の種なら俺が持っているので大丈夫ですよ。過酷な環境でも育つように改良されているので、この地域にも適する品種があると思います」

「そのような希少な種までお持ちなのですか……」

「俺の地元は農業に並々ならぬこだわりを持っていましたからね」

近代の品種改良は味や見た目の向上がメインかもしれないが、元来は自然環境に適合させて収穫量の増加を目的としていたはず。

まあ、下手な鉄砲も数撃ちゃ当たる精神でやっていけばどうにかなるだろう。

これで駄目なら潔く諦めよう。

「──分かりました。奴隷になった村人を無償で解放し、さらに水源まで創り出してしまう商人様がそうおっしゃるのなら、我々も全力を尽くしましょう」

俺の食に対する情熱が通じたようで、最終的には村人全員が協力してくれる運びとなった。

怯《おび》えた目で見てくる者もいたが、閉鎖的な村育ちなので外部の者に慣れていないのだろう。

とにもかくにも、ウィンウィンな契約の成立である。


そんなわけでしばらくは、農業に勤《いそ》しむこととなった。

俺の実家は農家だったが、あまり真面目に手伝った記憶がない。

それなのに、まさか異世界で農業を頑張るようになるとは思わなかった。

地球にいた頃に、もっと真面目に手伝って、知識を蓄えとけばよかったなぁ。

幸か不幸か、時間はたくさんあるから、ゆっくりのんびりとやっていけばいいだろう。

そしていつか、日本にも負けないような農畜産物ブランドを作り上げるのだ。

◆◇◆　?日後　◆◇◆

そこは一見、何の変哲もない、小さな農村。

だけど実際は、多くの商人が押し寄せる食材の宝庫であった。

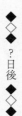

その村では、味覚が未発達な庶民さえも渇望する、貴重な食料が生産されるからだ。

多くの水と技術を要する米をはじめ、野菜、果物、果ては畜産物まで、他の地域には存在しない農産物が数多く供給されている。

この極上の食材を使えば、調理の腕が劣っていても、美味《うま》い料理を作れるのだ。

当初は、市場に出される量が少なかったので、認知度も低かったのだが、だんだん噂《うわさ》が広がっていき、今では貴族向けの高級食材として多くの商人が注目するようになった。

「宝物殿」とすら称される村であるが、その宝を手に入れるには困難を極める。

需要が大きく相場が高騰していて、何よりも出荷量が少ない。

小さな村なので致し方ないのだが、一番の元凶は非常に優遇されている商人がいるため。

どの組織にも属さない灰色のローブを着た男は、いったいどのようなコネを持っているのか、生産量の大半を我が物顔で奪っていく。

他の商人が泣いて頼んでも、一切聞き入れようとしない。

しかも、灰色の商人が仕入れた品は、市場に流れてこない。

その結果、他の商人たちは、泣く泣く余り物を競《せ》り落《お》とすことしかできない。

たくさんの消費者から認められるのは、農家の誉れ。

なのに、村人は、灰色の商人が独占する現状を容認している。

それも、当然である。

元よりこの村の農産物は、全て灰色の商人ただ一人のために作られているのだから。

たとえ少量でも市場への出荷を許可しているのは、良心が痛むから——ではない。

灰色の商人は、他の商人たちを通して、この世界の住民全てに発破《はっぱ》をかけているのだ。

「この世には、こんなにも素晴らしい作物があるんだぞ」

「くやしかったら、もっと上等な作物を作ってみせろ」

「もっともっと美味い料理を作って、俺を驚かせてみせろ」

それは、捻《ひね》くれ者の中年男らしい、遠回りなメッセージ。

結局は、極上の料理を食べたい自分を満足させるためで、決して他人のためではないところも、中年男らしい。

こうして、ある村をきっかけに、世界の食料事情は少しずつ量から質へと変化し、これに伴い料理の味も向上していくのだが——それはまた、別のお話。

第五十八話　奴隷館の店主と最高の客

彼の趣味は、人生を観察することである。

自身の人生ではない。赤の他人の人生だ。

ただ一人の人生ではない。できるだけ多くの人生だ。

平凡な人生ではない。嘘《うそ》のように幸福で、笑えるくらい残酷な人生だ。

特にそそられるのは、その転換期。

数十年に及ぶ長い人生の中でも、自分自身の転換期を感じられる瞬間は少ない。

たとえば、成人した時、就職した時、大病を患った時。

たとえば、好きな人ができた時、結婚した時、子供が生まれた時。

たとえば、そう――。

そんな彼が選んだ職業は、奴隷商人。

人が奴隷へ身を落とす時と、買われていく時に限るが、多種多様な者の転換期を間近でじっくりと観察できる職業だ。

彼は、その趣味を満喫するために奴隷商人となり、奴隷館の店長にまで昇り詰めた。

世界で十指に入るほど大きな奴隷館のトップなのに、彼は購入と販売の全てに携《たずさ》わっている。

他人の人生の観察を何よりも好むので当然だろうが、その執着はもはや病気に等しい。

運命に翻弄《ほんろう》され、人の価値が変わってゆく様子をただただ眺め、満足げに笑みを浮かべる。

彼にとって、他人の人生こそが、己《おのれ》の人生そのものだった。

一つの仕事に長く従事していると、得られる能力がある。

才能ある人物だけが持ちうるスキルとは違い、誰にでも発現する、経験の結晶。

農業を営む者が、一目見ただけで植物の生育具合を判別するように。

楽器を製造する者が、僅かな音の違いで良し悪しを判別するように。

彼もまた、熟練の目を持っている。

本来、奴隷商人に備わる慧眼《けいがん》とは、奴隷の価値を見抜く力であろう。

しかし、数奇な運命を好む彼に備わったのは、商品である奴隷に対してではなく、奴隷を買い求めるお客様の価値を推し量る目。

それは、他人の人生を勝手気ままに弄《もてあそ》ぶ素質の大きさを見抜く才能。

人の尊さを知っているから、積極的に関わりを持って相手の人生に入り込むのではない。

人の価値を理解できないからこそ、安易に手を伸ばし、その人生を変えてしまうのだ。

彼の特殊な目を通して世界を覗《のぞ》いた時。

くすんだ緑色の髪と服の中年男は、最高の人材であった。

彼とその緑髪の男が出会ったのは、農村から購入した奴隷を運んでいる途中。

偶然、視界に入っただけだが、特殊な素質を瞬時に感じ取り、すぐさま声をかけた。

人の本質を見抜く彼にとって、相手の外見は気にならない。

たとえ、冴《さ》えない外見のおっさんであったとしても。

奴隷を購入できるような金持ちにはとても見えなくても、だ。

彼の観察眼は間違っていなかったようで、緑髪の男は誰もが高価値と判断するであろう三人の少女を、格安で売り払おうとした。

その時、緑髪の男の言動に、ためらいは一切感じられなかった。

残念ながら商談は不成立に終わったのだが、今度は買う方で異常性を発揮する。

彼が農村から買い付けた奴隷全員を、ろくに検品も値切りもせず一括購入したのだ。

その後、こっそり覗《のぞ》いていた彼の目に映ったのは、買ったばかりの奴隷を解放する姿。

奴隷商人を長らく続けてきた彼にとっても、初めてお目にかかる珍事。

もはや狂気の沙汰《さた》と言っても差し支えない愚行。

つまり、緑髪の男は、奴隷を必要とせず、大して同情もせず、それなのに大金を使い、まるで壊れた玩具《がんぐ》を捨てるように手放したのだ。

常人が理解可能な範囲を超えていたが、彼は緑髪の男を理解しようとは思わない。

常識外れの男に振り回され、人生を大きく変化させられた者たちを、ほくそ笑んで眺める。

最高だ。最高の人生だ。

故郷から連れ出されて絶望していたのに、なんの努力も損失もなく帰郷できる僥倖《ぎょうこう》。

農民から奴隷、そして奴隷から農民に戻った彼らは、濃厚な喜怒哀楽を味わっている。

これこそ、まさに、人生の分岐点。最高の転換期。これを最高と呼ばずして、なんと呼ぶ。

そんな最高にお人好しで、人でなしの所業を簡単に実行する緑髪の男は、やはり最高。

……そう、本日は最高の日。

なぜなら、その緑髪の男が、彼の店にやってくるのだから。

◇◇◇

「あんた、本当に奴隷館の店長だったんだな……」

初めて入った奴隷館で、そこの店長と目が合った俺は、これ見よがしに嘆息した。

一応スーツを着ているものの、猫背で胡散臭《うさんくさ》く、さらに人を見る目がないこんな奴が店の代表だなんて、世の中間違っている。

ああ、やはりこの世界は狂っているのだろうか。

「へへっ、旦那と再びお会いできる日を、ずうっと待っていましたよっ」

歓迎されないよりはされる方が良いのだが、時と場合による。

こんな怪しい男から、しかも心の底から歓迎されている様子が感じられ、気味が悪い。

もう帰りたくなってきた。

「すまないが、急用ができたので今日のところはこの辺でっ」

「冗談は勘弁してくださいよ。本日この時間を指定したのは、旦那の方じゃないですか」

そうなんだよなぁ。奴隷を買う気になったのはいいが、知らない店に入るのが怖くて、顔見知りを頼ってここに来たのは、他ならぬ俺自身なんだよなぁ。せっかく気合いを入れてきたのに、面倒くさがりな俺が今帰ってしまったら、もう二度とやる気がでないだろう。

「……仕方ない。あんたのような胡散臭《うさんくさ》い奴でも、この奴隷館の代表であることに違いはない。ならば全身全霊を以《もっ》て俺の要望に応えるがいいさっ！」

「へへっ、あっしも長いことこの商売をやっていますが、旦那ほど無意味に偉そうなお客様は初めてですよ」

「そうかそうか、光栄に思うがいいさ」

「へいっ、まさに本日は最高の日ですよ！」

冗談が通じないというか、冗談を受け入れて本気で嬉《うれ》しそうな店長が最高に気色悪い。

女性の知り合いは良い子ばかりなのに、どうして男性の知り合いは変人ばかりなんだろうか。

……いや、よくよく考えてみると、女性の方も大概だな。

つまり、俺の知り合いは変人ばかり。

プラスとマイナスが引き合うように、真っ当な俺と変人とは縁があるのかもしれない。

「挨拶はこれくらいにして、さっさと本題に入りたいのだが」

「旦那は案外せっかちですねぇ」

大きなビジネスの話でもなく、ただの客と店員の関係。これ以上、格式張る必要はない。

「店構えは随分と立派だが、肝心の商品の方は大丈夫なんだろうな？」

怪しい店長が仕切る奴隷館は、他のどの店よりも立派で大きかった。

風俗店みたいに一種異様な緊張感が漂う店だろうと思っていたのに、無駄に広くて綺麗《きれい》で清潔だ。おそらく、田舎のパチ屋みたいに、怪しい商売だからこそ安心して入れる雰囲気にしているのだろう。俺には逆に居心地が悪いが。

だとしたら、やり手の店長なのかもしれない。

「任せてくださいよ、旦那。あっしの店は質より量。一つの完成品よりも、十の試作品の方が楽しめるってものです。だから品数だけは、どこの店にも負けませんよ」

さながら奴隷の百貨店というわけか。量より質が重視される近代社会ならともかく、まだ命の価値が低いこの世界では、量重視の方が合っているのかもしれない。それに、潜在スキルまで見える最高ランクの鑑定アイテムを持つ俺にとっては、数が多い方が都合がいい。

認めたくないが、胡散臭い店長の奴隷館は優良店で、俺との相性も悪くないらしい。

「それで、旦那はどのような商品をお求めでしょうか？」

「もちろん若くて可愛い女の子だっ！」

しまった、ただの欲望がついつい口に出てしまった。

今回は、崇高な目的があるのに――。


今更ではあるが、本日、俺は、奴隷を買いにきていた。

独り身の寂しい独身男が奴隷を買う一番の理由は、エロ目的だろうが、今回は違う。

ピロートークを楽しみたいなら娼館《しょうかん》巡りすればいい話だし、それだけを目的に一生面倒見るのもナンセンス。成金な俺にとって性奴隷は、さほど価値がない。

ではなぜ、奴隷を購入するのかというと、むろん道楽の一環に決まっている。

今のところ、俺にとっての道楽は、女、睡眠、料理。

人の三大欲求と同じなのが情けないけど、この中で一番ままならないのは、料理。

この世界の料理にほとほと愛想が尽きた俺は、自力で食生活を改善することにしたのだ。

これまで異世界特有のスペシャル料理がどこかに存在すると信じ、主要な都市を全て探し回ったのに、結局まともな料理を出す店とは出逢えなかった。

成り行きで補助している料理人もいるが、所詮は他人なので、これ以上の強要はできない。

日本の料理なら複製魔法でいくらでも出せるが、それも飽きてきた。

俺は、この地で作られた、本物の料理が食べたいのだ。

そこで考えついた秘策が、料理人を育成し、料理のレシピを作るプロジェクト。

俺自身に料理の知識はないが、有り余る魔力と資金を使えばどうにかなるはず。

だが、料理への情熱が欠如しているこの世界では、料理人を募集してもまともな人材が集まらないのは目に見えている。

ならば、意思疎通が容易で、かつ料理のスキルを持つ者に頼めばいい。

そう、試行錯誤の果てに辿《たど》り着《つ》いた結論が、この「料理人がいないのなら料理スキルを持っている奴隷を購入して自分好みの料理を作ってもらえばいいいじゃないかプロジェクト」なのだ。

だが、全ての事象に利点と欠点が混在しているように、奴隷の運用にも大きな課題がある。

それは、モチベーションの低さ。主人の命令は絶対で、奴隷は逆らえないが、それでも心の内までは強制できない。どれほど才能があっても、嫌々やっていてはクオリティが落ちる。

真の料理とは、「お・も・て・な・し」の心があってこそ。

心のない料理は、たとえどんなに温かかったとしても、冷凍食品にも劣る。

この課題を解決するには、お得意のご褒美作戦で乗り切るしかない。

奴隷に褒美とは変な話かもしれないが、料理の完成度を上げるためには是非《ぜひ》に及《およ》ばず。

奴隷の購入はあくまで手段であり、目的は美味《おい》しい料理と完璧なレシピ作り。

このような条件を踏まえると、本日の奴隷購入では、高い才能の選別だけでなく、いかに相手のモチベーションを上げるかに留意すべきだろう。

料理の素晴らしさを理解させ、相手にもやる気を出してもらうために、本日の俺はテンションあげあげの熱血スカウトマンになる覚悟である。

この一大プロジェクト、必ず成功させてみせる！

なお、魔人娘は、俺の従者もどきが増えると知ったら暴れ出しそうなので、厳命して留守番させている。

大切な料理プロジェクトをポンコツ三人組に邪魔されてなるものかっ！


「旦那、一言に若い女といっても、幅が広すぎます。もう少し絞り込んでもらえると、こちらとしても用意しやすいのですが？」

「うむ、それもそうだが……」

回想に入り込んでしまい、「若い女限定」という条件を訂正する機会を失ってしまった。

とはいえ、男に料理を教えても楽しくないし、むしろ苦痛でしかない。

長い付き合いになるかもしれないので、やはり少女であるのが望ましい。

若い子の方が学習能力もあるしな、うんうん。

他の必須条件は、もちろん料理スキル。

しかし、胡散臭《うさんくさ》い店長に料理スキルが目当てだと知られて弱みを握られるのは危険だ。

ならば、やはり条件は……。

「いや、やはり若い女性が唯一にして最大の条件だ。十代から二十代の女性全員と面会できるよう、早急に取り計らってくれたまえ」

「へえ、あっしの店はお客様の要望に最大限応えるのを信条にしてますので、それでも構いませんが、結構な数になりますよ？」

「問題ない。一目見れば済む話だ。廊下にでもずらっと並ばせてくれれば、それでいい」

鑑定アイテムを使って、料理スキルの有無を確認するだけだから、それで十分。

「承知しました。準備してくるので、少々お待ちください」


準備が終わるまで、待合室で時間を潰すことにした。

風俗店で、風俗嬢の準備が終わるまで待たされている時のような居心地の悪さを感じる。

向かいの席にご同輩がいないのが救いだ。待合室で鉢合わせすると、低俗なもう一人の自分と合わせ鏡しているような気まずさがある。それが醜男《ぶおとこ》ならまだいいが、若くてお洒落《しゃれ》なイケメンが多かったりするし。お前ら風俗なんて来ないでナンパしろよっ、と思わずにはいられない。

イケメンが風俗で満足して子作りしないから、少子化が進み年金が危うくなるんだぞっ。異世界に来てしまった俺にはもう関係ない話だが、それはそれで税金の払い損になってしまう。だから最初から払いたくなかったのだ。

まあ、どうせ地球に残ったままでも、糖尿病予備軍の俺は長生きできなかったはずだから、年金なんて意味がなかったのだっ。

いかんいかん、だんだん腹が立ってきた。おい、早くしてくれ、お客様は気が短いんだぞっ。

……落ち着け落ち着け。

日本でリーマンしてた頃は考えもしなかった大イベントである奴隷の購入を直前に、緊張しているようだ。こんな時は、幸せな未来を思い浮かべて心を静めよう。

今回の目的は料理のレシピ作りだが、異世界料理を堪能《たんのう》するためには、ただ作って食べるだけでは物足りない。

最高の食事には、雰囲気作りも不可欠。美味《おい》しい料理を提供する「場」が必要となる。

夜の場は、もう既に造っている「創作料理店ヨイガラス」でも一応満足できる。

不足しているのは、昼の場。具体的には、「お洒落なカフェ」でランチを楽しみたい。

食への興味が薄く、ケーキやコーヒーさえろくに存在しないこの世界には、当然のようにカフェもない。カフェには若者や女性がお似合いだろうが、こんなおっさんだって行きたい。

昼下がりの静かなカフェで本を読みながら、大して味も分からないくせにコーヒーを片手に、カロリーが高いカルボナーラやシロノワールをフォークで突《つつ》いて、休日を優雅に過ごしたい。

俺が理想とするダンディなおっさん像が、そこにある。

うん、そうだっ、レシピが集まったらカフェを作ろうっ。

若者向けの洒落た造りなのに、通好《つうごの》みの飲み物や高いメニューばかりで、客が少ないカフェを作ろう！

「お待たせしました、旦那。さあさあ、こちらへどうぞっ」

俺の祈りが通じたのか、さほど時間をかけずに店長は戻ってきた。

幸せな将来設計がちょうどまとまったところなので、タイミングがいい。

どうやら本当にデキる店長らしい。だったら、その胡散臭《うさんくさ》さもどうにかしろよ。

「こちらがご希望の商品となります。どうぞご存分にお確かめください」

案内された場所は大広間だった。大きな部屋の壁に沿って、うら若き少女たちが並んでいる。

椅子に座っている者も数人いて、その総数、ざっと百人。

質より量の看板に偽りなし、だな。

選《よ》り取《ど》り見《み》取《ど》りな量も、可愛い子が多い質も、さらには見やすい配置も、申し分ない。

たった一つ、問題があるとすれば——。

「なんで全員、素っ裸なんだよぉぉぉーっ⁉」

俺は、ありったけの大声を上げた。

突然の大声に、少女たちがびっくりしているが、許してほしい。俺の指示でこんなパラダイス
……、もとい惨状を招いたのではないと理解してほしいから、大声で叫んでいるのだ。

「へっ？　裸のどこに問題があるんですか、旦那？」

「問題ありありだろうがよぉぉぉーっ⁉」

俺の品性が疑われるだろうがよぉぉぉーっ。

「ですが、男の客が女の奴隷を買う場合は、これが普通ですよ？」

「仮にそうだとしても、俺は指示してないだろうがよぉぉぉーっ⁉」

「お客様が口になさらずとも、全ての要望に応えるのが、あっしの仕事ですよ」

「気が利きすぎても困るんだよぉぉぉーっ⁉」

この店長、予想より遥《はる》かに優秀すぎる。どうやら、俺の潜在的な願望を嗅ぎつけたらしい。

「…………」

はなはだ不本意ではあるが、こうなってしまっては仕方ない。

今更服を着てもらっても、一度全裸を曝《さら》した事実に変わりはない。

毎度の事らしいので少女たちも慣れているかと思いきや、恥ずかしさを隠しきれていない。

ごめんな。こんなつもりじゃなかったんだ。恥辱を与える趣味なんてないんだよ。

だから、俺を恨まないでおくれ。眼福眼福。

「旦那、あまり長引くと風邪を引く奴も出てくるので、手早くお願いしますよ」

「「「――――」」」

部屋の中央に立っている俺に、まさに四方八方から少女たちの視線が突き刺さる。

ち、違うんだっ。そんな変態を見る目で見ないでくれっ。

「……もう、いい。全員、自分の部屋に戻してくれ」

「へっ？　先ほどは急《せ》かしましたが、間近で一人一人見る時間くらいは取れますよ？」

「不要だ。知りたい情報は、すべて把握した」

俺の視力なら、離れた状態でも部屋の中央でくるっと一回転するだけで十分。

レベルで向上した視力と記憶力はだてではない。

「条件に合った子は、二人。個別に面談したいから、部屋を用意してくれ」

「──へいっ、お任せくださいっ」

無駄に察しがいい店長は、俺が鑑定アイテムを使って判別したのだと気づいたようだ。

やれやれ、少女の容姿が目的ではないと、ようやく理解してくれたか。

まったく、こんなことになるのなら、初めからスキルが目的だと言っておけばよかった。

「「…………」」

訝《いぶか》しげな表情をしながら、少女たちが退室していく。

裸体を曝《さら》け出したのに、ろくに見もせず引き下がらせるとは何様だ、といった怒りを浮かべる少女も少なくない。先ほどは恥ずかしがっていたくせに、女心は複雑である。

君たちの神々しい姿は俺の心の中で永遠に保存しておくから許しておくれ。

さてさて、申し訳ないけど条件に合った少女は、百人のうちたった二人。

料理スキルを持つだけならもっと多かったのだが、俺が目指す究極で至高な異世界料理を完成させるためには、ランク6以上の高水準が必須。

料理スキルの所持者は少ないから、二人とはいえ高ランクと出会えたのは僥倖《ぎょうこう》だろう。

悔しいことにあの店長、本当にいい仕事をしやがる。


「旦那、部屋が準備できましたよ」

今度は前回以上に早く整った。個室を一つ空けるだけだから、当然だろう。

「それで、旦那はどのような形での面談がお望みですか？」

「一人ずつ順番に、俺と少女の二人っきりで話がしたい。部屋の外から話を聞いたり覗《のぞ》いたりするのは禁止。それに、後で少女から話の内容を聞き出すのも禁止だ」

「それは、また……」

「少女たちの率直な意向を知りたい。その場に店の者がいては、萎縮して会話にならない」

「そこまでして商品の意向を確かめたいだなんて、旦那はやっぱり変わっていますねぇ」

「俺は優しいご主人様であることをモットーとしているんだよ」

この場にいないはずのポンコツトリオから、抗議の声が聞こえた気がする。

安心しろ、有能な奴隷少女が手に入ったら、お前らの出番はますますなくなるぞ。

「それで、最初はどちらの娘っ子を連れて来ましょうか？」

「そうだな……」

鑑定アイテムでチェックしていた名前を告げる。

彼女の潜在ランクが一番高かったので、優先度も一番だ。

「へえ、承知しました。……旦那には愚問かと思いますが、念のため確認させてください。本当に、例の娘っ子を、ご指名なんですよね？」

「ああ、間違いない」

プロフェッショナルな店長が聞き直すのも致し方ない。

俺が指名した少女は、他の子とは少し違っていて――。

「ほら、ご希望の商品が来ましたよ、旦那」

程なくして現れたのは、従業員の男。

そして、その従業員にお姫様抱っこされた、少女だった。

◇◇◇

「では手はず通り、しばらく二人っきりにさせてくれ」

「承知しました。存分にご確認ください。それと旦那、形式上の注意として、購入前の商品に手を上げるのは厳禁ですよ。特にそいつは、少し小突いただけで死んでしまいますからね」

余計な忠告を残して、胡散臭《うさんくさ》い店長は部屋から出ていった。

まったく、俺をDV男と一緒にするんじゃねーよ。DV男ってのは、家族や恋人を持ってから初めて成立するんだよ。だから、俺がDV男になる日は永遠に来ないんだよ。

「……さて、突然呼び出してすまなかったな。実は、君を購入したいのだが、少々特殊な仕事をやってもらう予定なので、まずは本人の気持ちを確認しておきたいんだよ」

テーブルを挟み、一人目の少女と向かい合って座った俺は、大袈裟《おおげさ》なジェスチャーを交え、陽気に話しかけた。コンセプトは、人当たりの良い陽気なキャッチセールスだ。

「……奴隷に気を遣う必要なんてないわ。あなたはただ、このみすぼらしい身体を好きに使えばいいだけよ」

表情に乏しく沈んだ雰囲気の娘さんなので無口キャラかと思ったら、ちゃんと答えてくれた。

まだ幼い外見とは違い、妖艶《ようえん》さを感じさせる口調だ。

少女の名は、ベルーチェ。

人族の娘さんで、年は14歳。

今はちゃんと、だぶついたお洋服を着ている。よかったよかった。

洋風の顔立ちだが、長い黒髪。病的なまでに白い肌と黒い髪が印象的だ。

西洋人形のように綺麗《きれい》な子だが、じっとりした半眼と目の下の深いクマが仄暗《ほのぐら》い空気を醸し出している。いわゆるダウナー系に分類される少女である。

「奴隷商に金を払い、君の所有者となった俺が、労働を強要するのは簡単だろう。でもそれでは、モチベーションが保たれない。俺が頼みたい仕事は、本人のやる気が重要なんだっ」

「……奴隷相手にやる気を求めるのが、そもそもの間違いだわ」

「どんな職場でも本人の意志一つで改善できるっ。簡単に諦めず何事もやってやろうっていう気迫が大切なんだっ！」

「…………」

ジト目でじと～っと睨《にら》まれた。

地球で仕事していた頃、社畜に甘んじていた俺が言っても説得力がないのだろうが、それ以前にダウナー少女からは覇気《はき》が一切感じられない。

望まず奴隷に落ちた身の上だから、当然かもしれない。

「まあまあ、そう言わず、仕事の内容と条件を聞いてから判断してくれ」

「……もちろん、聞くわ。私には、耳を閉ざすことさえ許されないのだから」

説明する前からげんなりしている少女に向かい、俺は気合いを入れて説明した。

仕事の内容は、その料理スキルを活かして地域の食材を使ったレシピを作り上げること。

調理に必要な環境は全て用意するので、失敗を気にせず自由に試作して構わない。もちろん、その間の生活費は全額保証する。レシピを完成させるまでの時間は制限しないが、定期的に成果を見せてほしい。また、特典として、モチベーションを上げるために、一定数のレシピが完成した暁《あかつき》には、本人が望む対価を用意する。むろん、俺ができる範囲内であるが。

「――説明は、以上だ。自身の就職先としてどう感じたか、忌憚《きたん》のない意見を言ってくれっ」

「……私はもう一年以上ここにいるから、さまざまな目的で買われていく同僚を見てきたわ。でも、こんな好条件は聞いたことない。そもそも、条件を提示する客自体が珍しいのだけど」

「雇い主と従業員の関係とはいえ、良好な利害関係が成立しなくては良い成果が出てこない。全てはそう、料理のレシピを作るために必要な条件なんだっ！」

「……私に何をやらせたいのかは、それなりに理解したわ」

「うむ、それは良かったっ」

「……私に潜在的な料理スキルがあるってのは、初めて聞いたわ」

「俺が装着している鑑定アイテムは特上品だ。世界の覇者《はしゃ》である魔王様が創ったアイテムだから、間違いないっ。この世でただ一つ信じられるものがあるとすれば、それはアイテムだ！」

「……つまり、私にとって料理こそが天職だと言いたいのね」

「そのとぉーーーりっ！　君ほど料理の才に愛された娘さんは見たことがないっ。君と俺が協力すれば、どんな料理でも作れるはずだっ！」

「………………」

ダウナー少女が持つ料理スキルの潜在ランクは8。最上ではないものの、俺がこれまで出会った中で最高。絶対に逃してなるものかっ。

「できるできるっ、やればできる！　為《な》せば成る、為さねば成らぬ！　さあっ、俺と一緒に極上の料理ライフを作ろうぜ‼」

「…………」

うーむ。仕事の内容を理解し、適性もあると分かったはずなのに、反応が芳《かんば》しくない。もしかして、報酬が不満なのだろうか。料理のためならいくらでも上乗せするぞっ。

「……あなたは上等なお客様。私は売れ残りの欠陥品。天と地ほどの差があると理解しているわ。だけど、一つだけ、正直に言ってもいいかしら？」

「奴隷という身分に囚《とら》われない率直な意見を聞くため、二人っきりにしてもらったんだ。だからなんでも思った通りに言ってみてくれっ」

「……あなたは、馬鹿なの？」

そう呟《つぶや》いた少女は、やはり沈んだ目をしていた。

だけど、その奥底には、確かな感情がある。それは、怒り、だろうか。

「言い得て妙だな。この世には馬鹿にしかできないことがある。最初に革命を起こす異端者が、馬鹿と呼ばれるのだ。俺は、料理への情熱が欠如しているこの世界で、素晴らしい料理のレシピを完成させるためには、どんな馬鹿にでもなってみせようっ」

「…………」

少女は、口をつぐむ。しかし、怒りは増している。

「条件に不満があるなら、もっともっと率直に言ってくれていいんだぞ？　できるだけ要望に応えるつもりだからな！」

「……不満？　この私が不満なんて、感じるわけないでしょう？」

「そうなのか？　だったらなぜ、承諾してくれないんだ？」

「……そんなの、見れば分かるでしょう？」

全く以《もっ》て分からない。

特別な事情があるのかと鑑定アイテムで調べても、それらしい不安材料は確認できない。万能であるはずの鑑定でも見えないとすれば、精神的な問題だろうか。

「すまない。俺は少女に優しいと評判の紳士だが、残念ながら女心には詳しくないんだっ」

「……そんな複雑な問題じゃないわっ。もっと単純に、一目見ただけで誰でも理解できる明確な理由があるでしょうっ」

「別に背が低くても大丈夫だぞ？　台所には踏み台を用意するから」

「……背は関係ないわっ」

「もしかして、胸が小さいのを気にしているのか？　俺は小さめが好きだから大丈夫だぞ？」

「……料理と胸の大きさは一切関係ないわっ」

年の割に小さい体で痩せているから、コンプレックスがあるのかと思ったが違うようだ。

不正解を連発している俺に対し、少女はもうはっきりと分かるほど、怒りを露《あら》わにしている。

「……まだこの私に、誰かを憎む感情が残っていたなんて思わなかったわ」

「それでいいじゃないかっ！　負の感情もモチベーションに繋《つな》がるっ。どんどん俺を嫌って、その溜《た》まりに溜まったフラストレーションを料理作りにぶつけていこうぜっ！」

理由はなんだっていい。要は、やる気さえあればいいのだ。

「……こんなっ、私がっ、料理なんて作れるはずないでしょうっ。だってほらっ――」

そう叫んだ少女は、椅子から立ち上がって両手を広げ――ようとしたらしい。

だが、それは叶《かな》わない。

なぜなら、彼女には、立ち上がる足も、広げる腕も、ないのだから。

「もしかして、その手足のことを気にしていたのか？」

「……これ以外に何の問題があるっていうのっ？　どんなに才能があったとしても、包丁も持てない私が料理なんて作れるはずないじゃないっ！」

怒られた。ダウナー少女に怒られた。

普段物静かな子が怒ると、すっごく怖い。だけど、ちょっと嬉《うれ》しい。

いやいや、喜んでいる場合じゃない。改めて思い返すと、怒られて当然である。

全種類の薬アイテムを完備する俺にとって、体の不調なんてあってないようなものだし、当然治療を前提にしていたから、説明し忘れていた。

魔法が実在する摩訶不思議《まかふしぎ》な世界に毒され、常識が薄れていたようだ。

人によって価値感はそれぞれなんだから、気をつけよう。

「いやぁ、すまんすまん。どうやら肝心なことを言い忘れていたようだ。今までの話はもちろん、君の身体が完璧に復調した後の話だよ」

「……こんな状態で治るはずないでしょう。医者や魔法はおろか、アイテムだって無理よっ！」

ダウナー少女改め激おこ少女が、そう思うのも無理はない。

彼女の四肢を奪った病気は、ランク8。医者や魔法の力ではランク5程度が限界で、高ランクの魔法薬は貴族が独占し、市民には回ってこないからだ。

そんな大病を患う少女は、満足に動くこともできない。

椅子に座っているが、支える力がないので、ぽつんと置かれた状態。

まるで、人形そのもの。

病気のせいで弱りきった肉体も問題だろう。

どちらにしろ、最高ランクの病気回復薬と肉体回復薬のミックスを使えば問題ない。

「よし、今までの俺の話が嘘《うそ》でないと証明するためにも、まずはその身体を元に戻すとしよう。その後にもう一度、じっくり検討してみてくれ」

「いい加減にっ――――」

会話だけでは埒《らち》が明《あ》かないので、何かを言おうとした少女の口の中に、カプセル型の回復薬を親指で弾《はじ》き飛ばして放り込む。

こんなこともあろうかと、パチンコ玉で指弾の練習をしていて良かったな。

「えっ、なにっ？　私の口に何を入れたのっ⁉」

口内に異物を感じた少女は、吐き出そうとするが、もう遅い。

付与紙で創ったカプセル薬は、粘膜に触れると自動解凍する仕組みだ。

安心してくれ。俺の薬にはシロップが入っているから苦くないぞ。

「――――えっ」

口内に広がる甘さに驚いたのか、少女は椅子から転げ落ちてしまった。

自らを支える術《すべ》がなかった彼女では、床への衝突を免《まぬが》れない。

だけど、その手足は、しっかりと床に着き、体を支えていた。

「うそっ……」

そのまま床に座り込んだ少女は、元に戻った手足を凝視したり恐る恐る動かしたりしている。

久しぶりなので、感覚が取り戻せていないのだろう。

「うそっ、うそうそうそうそうそうそうそっ――」

大きな声を上げたと思ったら、いきなり立ち上がって勢いよくドアを開け、部屋から走り去ってしまった。

「……まいったな」

部屋の中に一人残された俺は、呟《つぶや》く。

あんなに騒がれたら、密室で少女にセクハラしたと誤解されそう。


「はあっ、はあっ、はあっ…………」

少女は、案外早く戻ってきた。

息を切らしているから、よほど全力で走り回ったのだろう。

先ほどの薬で体力も回復しているはずだが、元々体力がないのかもしれない。

「ねえ、私、立っているわよね？」

「ああ、そうだな」

「私の手、ここにあるわよね？」

「ああ、そうだな」

「私の病気、本当に治ったの？」

「ああ、そうだな」

「…………」

「…………」

ふと、会話が途切れた。

こんな時、気の利いた台詞《せりふ》を投げかけるのが、紳士の役目。似非《えせ》紳士だけどな。

「ほら、これで包丁を持てるだろう？」

そう言って、懐《ふところ》から取り出した包丁を差し出す。

もちろん紳士な俺は、刃の方を持ち、少女の目の前にあるのは柄《え》の部分だ。

「本当に、本当にっ――」

「…………」

「――包丁を持たせるためだけに、私を治したのね？」

「ああ、そうだな」

最初から、そう言っている。

「くふふっ、これでも私は、そこそこ裕福な家に生まれたのよ」

包丁を受け取った少女は、くぐもった声で笑いながら、おもむろに語りはじめた。

「でも、病気で手足を失い、女としての価値が損なわれるどころか、逆に手間がかかるようになった私を、両親はあっさりと奴隷商へ売ったわ。両親が最後に私に言った言葉は、『まだ買ってもらえる価値が残っていて良かったじゃないか』だったわ。その時は私も、『そうかもしれない』と思ったものよ」

別に家庭の事情なんて知りたくないのだが。相手について詳しく知っても面倒なだけだし。

大切なのは、今と、未来。

決して女性の長話を退屈に感じているわけではない。

「それから今までずっと、物好きな客の目にも留まることなく、部屋に籠もりっきりの生活を続けてきたわ。自分で動く手段がないのだから当然ね。部屋の中だけが、私の世界の全てだった。だから、馬鹿な私は、知らなかったのよ。外の世界が、こんなにも広くてでたらめだったなんて。……あなたのような人がいるなんて、ね。くふっ、くふふっ――――」

ダウナー少女から激おこ少女へ、そしてメンヘラ少女へと最終進化した奴隷は、くるくると回りながら、不気味に笑う。

その手には包丁が握られているから、なおさら怖い。

だけど、元気が出たのは、良い傾向だろう。

「そうだともっ、この広い世界にはたくさんの食材が埋もれているっ。それを立派な料理へと導くのが、君と俺の役目なんだっ！」

「馬鹿みたい。ああっ、本当に馬鹿みたいっ。無気力だった自分が馬鹿みたいっ。あんなに怒っていた自分が馬鹿みたいっ。誰も信じられなかった自分が馬鹿みたいっ！」

「いいぞいいぞっ、やる気が出てきたじゃないか！　その調子で料理への情熱を爆発させるんだっ！　料理業界の未来は君の手に懸かっているぞっ！」

「くふっ、くふふっ――」

気味が悪い笑い方だが、ふて腐れているよりは断然いい。感情は力、笑顔も力だ。

「……それで、どうかな？　俺と一緒に料理のレシピを作る仕事について、少しは前向きに考えてくれるのかな？」

「くふふっ、ここまでしておいて、あなたはまだ、そんな質問をするのね？」

「従業員を大切にするのが俺のモットーだ。ブラック企業、絶対許さないっ」

「……最後に、一つだけ聞かせてちょうだい」

「なんなりと」

「もしも、この話を断ったら、私の体を元の状態に戻すの？」

「そんな趣味はない。ただ、今回の失敗を教訓にして、次の娘さんを勧誘するだけだ」

良い状態にするアイテム薬はたくさんあるが、悪い状態に戻す薬などない。

だから、元の状態に戻せと言われても、逆に困る。

「くふっ、くふふっ、いいわ、いいわっ、最高の料理を作るわっ」

何が決め手になったのかよく分からんが、とにかく引き受ける気になってくれたらしい。

「私は、料理を作るわっ。ずっと、ずっと――」

さも愛《いと》おしそうに包丁に頬ずりしながら、少女は宣言する。

「――あなたのためにっ」

よしよし、これで貴重な人材が手に入ったぞ。

メンヘラ少女のやる気を見るに、異世界料理のレシピが完成する日も、そう遠くないはず。

ちょっと個性的だが、料理の腕前に性格は関係ない。

料理漫画の主人公たちも、一風変わった性格をしているしな。

男として何か決定的に間違えた気もするが、美味《おい》しい料理のためなら多少の犠牲は仕方ない。

「人は料理の前では平等」だと、伝説のギャルソンが言っていた。

全ての立場や関係を超越してしまうほど、料理とは尊く、全てに優先されるべきなのだ。

異世界を舞台にした、俺の本当の食道楽は、これから始まるのである。

◇◇◇

「一人目の少女――ベルーチェは購入する。二人目との面談が終わるまで、手続きを進めておいてくれ」

話がまとまったので、奴隷商の店長を呼び出して指示する。

「ベルーチェはもう、うちの大切なスタッフだ。最大限の敬意をもって対応するように。それと、彼女に相応《ふさわ》しい服に着替えさせてくれ。むろん、洋服代はサービスに含まれるからな」

今更だが、初来店のくせに、やたらと偉そうだよな、俺。

胡散臭《うさんくさ》い店長に接待されると、どうしてか不遜《ふそん》な態度をとってしまう。

これも奴が優秀な奴隷商人である証拠かもしれない。

「先ほどの走り回っている様子を見ても信じられませんでしたが、本当にあの手足を、旦那が治してしまったのですか？」

「問題ないはずだ。危害を加えるのは駄目だと言われたが、治すのは駄目だと言われていないからな」

「……へへっ、まったく、旦那には敵《かな》いませんねっ！」

「おべっかはいいから、さっさと次の娘を連れてきてくれ」

ベルーチェことベル子の、怖いくらいのやる気があれば、彼女だけでも十分かもしれないが、作業員は多いに越したことはないだろう。

それに、ベル子と二人っきりだと、まずい気がする。

何がどうとはハッキリしないが、確実に何かが駄目になりそうな……。


「――あのっ、よ、よろしくお願いしますっ」

二人目の奴隷は、ウサウサ界からやってきた兎《うさぎ》族の少女だった。

名前は、リエー。くりっとした赤い目がキュート。

肩先まで伸ばした茶色の髪と、へにゃと垂れた茶色のうさ耳が一体化して見える。

料理スキルの潜在ランクは6。料理以外にも家事全般のスキルが高く、有能さが窺《うかが》える。

年齢は一人目と同じ14歳だが、ベル子と違って年齢以上に発達した肉付きで、柔和な顔立ちながらも芯の強さが感じられ、しっかり者のお姉ちゃんタイプである。

「怖がらなくていい。この場を設けたのは、君の意見を尊重するためなんだよ。俺を信じてくれとは言わないが、とにかく話を聞いたうえで素直な気持ちを聞かせてくれっ」

「は、はいっ」

恐縮しっぱなしのウサウサ少女を椅子に座らせ、一人目と同じ説明をする。

二度目ともなれば、説明もスムーズだ。何事も慣れが大切である。

そうそう、同じ失敗をしないように、病気など不都合がないか、話しながら確認しておこう。

……うん、問題ない、至って健康な体のようだ。

「仕事の目的と、やり方と、その対価はおおむねこんなところだ。……さて、どうだろう。少しは興味を持ってくれたかな？」

「は、はいっ……」

「それは良かった！　もしかして新手の詐欺だと疑っているかもしれないが、安心してほしいっ。こう見えても俺は、少女との約束を一度も破ったことがないのが自慢なんだ！」

「は、はいっ……」

「それでも不安だったら、お試し期間として期間限定で手伝ってくれても構わないぞっ。不満があればいつだって辞めていいし、その際の罰もないからなっ」

「は、はいっ……」

肯定的な返事のはずなのに、暖簾《のれん》を腕で押している感じがするのはなぜだろう。

ウサウサ少女は、赤い目をキョロキョロさせながら、一生懸命に何か考えているみたいだ。

一人目の時もそう思ったが、やはり俺に営業の才能はなさそうだ。

「ま、まあっ、結論は急がなくていいから、じっくり考えてみてくれ。疑問があるのなら、質問もどしどし受け付けているぞ？」

「は、はいっ……。そのっ」

おっ、ちょっと違う反応が返ってきた。

質問する意志があるのは、一応興味があるってことだから、上手く応対せねばっ。

「少し前に、ベルーチェちゃんが自分の足で立っている、というか、物凄《ものすご》い勢いで走り回っている姿が見えたのですが、あれは、その……？」

「ああ、最初に面談した子についてか。彼女も料理の才能を持っていたが、手足の自由が利かず包丁が使えないと悩んでいたから、魔法薬で不安材料を払拭《ふっしょく》したんだよ」

「………」

「そのおかげか、随分とやる気を出してくれてね。料理のレシピ作りに協力してくれることになったんだ。君も引き受けてくれるのなら、彼女とは同じ職場で働く仲間になるね」

「………」

「このように、我が社は従業員のサポートも万全なんだっ。年頃の娘さんが喜びそうな住居も用意しているし、衣服やアクセサリーも必要経費で購入できる。お望みとあれば伴侶《はんりょ》捜しも手伝おう。他にも心配事があるのなら、遠慮なく言ってくれっ。可能な限り前向きに検討しよう！」

俺ってば、いい上司！　地球にいた頃、こんな上司に恵まれたかったなぁ。

結婚相手捜しは余計なお世話かもしれないけどな。

「………………」

質疑応答を経て、二人目の少女は、いっそう考え込んでしまった。

顔を真っ赤にさせ、肘を張って両手で膝をぎゅっと押さえ、赤い目をぐるぐるさせている。

今にも頭から蒸気が出てきそうな必死さだ。

シンキングタイムはまだ続きそうだな、と思っていると。

「――おっ、お願いがあります！　死ぬ気で頑張りますっ。どんな命令にも従いますっ。対価も要りませんっ。だっ、だからその代わりに、わたしの妹も一緒に買ってくださいっ‼」

ウサウサ少女は、急に立ち上がり、真っすぐに俺を見て、そう言った。

「……なるほど。つまり君は、お姉ちゃんなんだね？」

「は、はいっ！」

お姉ちゃんタイプだと思っていたら、本当にお姉ちゃんだったのか。

妹属性じゃないのは残念だが、料理スキルには関係ないので、問題ない。

「……」

いやいや、違う違う、そんな問題じゃない。つまり、兎《うさぎ》族のお姉ちゃんは、対価を前借りしたいと言っているのだ。その対価で、奴隷館から姉妹一緒に抜け出す算段なのだ。

遠慮は不要だと言ったが、客である中年男に商品である少女が意見するには、度胸が必要。

ふむふむ、技能面だけでなく、精神面でも期待できそうだ。

だからといって、安易に了解するわけにはいかない。今回は遊び目的ではなく、ビジネスの話なのだ。それに、妹とはいえ、この場で勝手に決めるのもどうかと思うし。

「君の要望は理解した。大切な従業員のモチベーションを上げるために了解したいところだが、その対象が人である以上、君と俺だけで決定するわけにもいかないだろう。だから、君の妹さんの気持ちを確かめてから判断させてくれ」

「でっ、でも、妹はまだ子供でっ――」

「もし、妹さんが乗り気でない場合には、君についても潔く諦めよう。だが、引き受けてくれるのなら同じ条件で働いてもらうので、その子だけを特別扱いにはできない。だから、まず妹さんと俺の二人で話をしてみたいんだ」

「は、はい、そういうことなら……」

お姉ちゃんは頷《うなず》きながらも、まだ不安そうだ。かなり過保護なご様子。

今後、姉妹揃《そろ》って購入される機会があるとは限らないから、たとえ多少怪しいおっさん相手でも、強引にでも話をまとめてしまいたいのだろう。

妹至上主義の俺としては、姉妹セットでのお持ち帰りは、もはや確定事項。その方が料理上手なお姉ちゃんのやる気も出るだろうし。ついでに、妹ちゃんも戦力として育てたい。

妹ちゃんの名前は記憶にないので、料理スキルを持っていないか、ランクが低いはず。

なので、妹ちゃんとの面談で、お姉ちゃんとセットで購入する意向を示し、姉妹愛に理解ある俺に対して恩を感じさせ、その感情を料理へのモチベーションに変換させるのだ。

これぞ、一石二鳥な作戦。兎の数え方は「羽《わ》」なので、一石二鳥はぴったりな策略である。

「それでは、君との面談は一旦保留にしよう。店長に事情を説明して、今度は妹さんを呼ぶよう手配してくれ」

「は、はいっ、妹のこと、よろしくお願いします！」

お姉ちゃんは、まだ少し不安そうにお辞儀して、そそくさと部屋を出ていった。

さてさて、こんなにも姉を心配させる妹は、いったいどんな子だろうか。

どんなタイプの妹でも、姉と同じ職場で、さらに労働基準局もびっくりなホワイト企業で、おまけにダンディな上司まで完備されている就職先だから、断る理由なんてあろうはずがない。

我ながら完璧な計画に酔いしれるぜ!

◇◇◇

「お断りしますっ!」

兎族《うさぎ》のお姉ちゃんの次にやってきて、ずっと黙ったまま俺の説明を聞いていた妹ちゃんが、最初に発した言葉が、これだった。

「ぱーどぅん?」

まさか断られるとは微塵《みじん》も想定していなかったので、思わず似非《えせ》外人になってしまう。

動揺する俺を睨《にら》むように見ている少女の名は、コニー。

姉より2つ下の12歳。兎族の特徴であるらしい、ウサ耳と赤い目がキュート。

姉妹だけあって全体的に似ているが、姉に比べて幼い顔立ちで、小柄で、髪もやや短い。

しっかりした喋《しゃべ》り方だが、優等生な姉に対して反抗期が残っている、いかにも妹って感じだ。

「す、すまないが、よく聞こえなかったので、もう一度言ってもらえるかな?」

「自分で言いましたよね、好きに判断していいと。だから、その話を断ると言ったんですっ」

幻聴ではなかったらしく、しっかりばっちり断られてしまった。

やっ、やばいよやばいよっ。前の面談で格好つけて約束した手前、妹ちゃんの了承を得られな

ければ、お姉ちゃんまで確保できなくなる。

兎《うさぎ》族の姉妹だけに、「二兎《にと》を追う者は一兎《いっと》をも得ず」って格言が頭をよぎる。

こんなことなら、姉が言うように妹の意見など聞かず、無理やり購入しておけばよかった。

このままだと、あのメンヘラ少女と二人っきり……。

駄目だ駄目だっ、それだけは駄目な気がするっ。なんとしても妹ちゃんを説得せねばっ！

「も、もしかして、職場環境がお気に召さなかったのかなっ？　だったら、もっともっと改善するからっ――」

「条件の問題じゃありません！」

「そ、そうかそうかっ。やはり料理スキルを持っていない君に、料理の仕事を強要するのは酷な話だったね。ならば、君は何もしなくていい。ただ、姉のそばにいてくれるだけでいいからっ」

妹ちゃんはお姉ちゃんと違い、料理の才能に恵まれていなかった。

スキルは遺伝しないみたいだし、スキルがないとやる気が出ないのも仕方ないので、こうなったら当初の予定通り姉だけでも戦力に加えたい。

妹想いのお姉ちゃんだから、姉妹が一緒にいるだけでモチベーションが上がるはずっ。

「妹ちゃんは部屋でゴロゴロしているだけでいいんだよっ。後は、お姉ちゃんが頑張ってくれるから――」

「それが嫌なのっ!!」

またもや、少女を怒らせてしまった。本日、二人目である。

どうやら、先ほどの俺の台詞《せりふ》に、地雷が含まれていたらしい。

「あたしなんて放っておいて、お姉ちゃんだけ買えばいいんですっ」

「しかしそれだと、お姉ちゃんが納得しないのでは？」

「奴隷は納得なんてしなくていいんですっ。だからっ、お姉ちゃんの言葉なんか気にせず、無理やり連れていけばいいんですっ」

「えぇー？」

今の台詞だけ聞くと、たいそう姉不孝な酷《ひど》い妹に思えるが、そんなはずがない。

妹ちゃんは、お姉ちゃんが俺に頼んできた時と同じように、顔を真っ赤にして、必死の表情で懇願しているのだ。

二兎に逃げられそうな現状を打開するため、その理由を解明する必要があるだろう。

「……妹ちゃんは、お姉ちゃんが嫌いなのかな？」

「違いますっ」

「だったら、大好きなのかな？」

「────っ」

妹ちゃんは、反論しようとして、できなかった。やはり、根は素直ないい子みたいだ。

「うんうん、美しき姉妹愛だな。俺が見たところ、お姉ちゃんの方も、妹ちゃんをとっても大事に思っているようだし」

「…………」

「それなのに、どうして自分から離れればなれになろうとするのかな？　ほら、おじさんに話してごらん？　悪いようにはしないよ？」

教えてくれないと客として納得できないぞ、ってプレッシャーをかけながら尋ねる。

女心は複雑だから、ちゃんと言葉にしないと伝わらないのだ。

「……あたしが一緒にいると、お姉ちゃんまで駄目になっちゃうんです」

少し時間を置いた後、妹ちゃんは話しはじめた。

「あたしの家は子供がたくさんで、貧乏だったから、役に立たない子から売ろうとしました」

貧乏なのになぜ子沢山《こだくさん》なのか、それとも子沢山だから貧乏なのか、他にやることないから子沢山なのか、もしかして最初から売るつもりで子沢山なのか？

などなどと疑問は尽きないが、暗い気分になるので詳しく聞きたくない。

「だから、なんのスキルも持たず不器用なあたしだけ奴隷になれば済む話だったんです。でも、あたしだけだと寂しいだろうからって、お姉ちゃんまで一緒に奴隷になってしまって……」

あー、なるほどー。それはちょっと、愛が重いわな。妹ちゃんが気に病むのも頷《うなず》ける。

「お姉ちゃんは、いっつもそうなんです。自分だってお腹《なか》が減ってるくせに、あたしばかりに食べさせようとしたり、あたしが失敗したのに代わりに罰を受けようとしたり……」

「ふむふむ」

「どうせ今回の話だって、お姉ちゃんが何かを損する代わりとして、駄目なあたしを引き取ることになってるんですよね？」

「あー、それはー……」

諸般の事情に鑑《かんが》みて、妹ちゃんをスカウトする本当の理由は言わないでおいたのだが、全てお見通しらしい。これまでのしっかりした話しぶりからも、とても無能とは思えない。

「お姉ちゃんは、あたしと一緒にいたら駄目なんです。このままだと、最後にはあたしを庇《かば》って、きっと死んじゃうから。——だから、だからっ、あたしなんて放っておいて、お姉ちゃんだけを買ってくださいっ。お願いしますっ、お願いしますっ!!」

話は、よく分かった。経緯も、理由も、納得できる。

姉離れを望んでいるが、本当は一緒にいたいのだろう。

頭を下げているので顔が見えないが、零《こぼ》れ落ちる雫《しずく》が全てを物語っている。

「お願い、します………」

うん、まあ、いい話なんだけどね。料理の才能だけが欲しい俺にとっては、話が重すぎるというか、あまり関係ない話なんだよなぁ。この世界で一般的な商品である奴隷を買いに来ただけなのに、どうしてこうよその家庭の事情に振り回されなきゃならんのだ。

しかも、買った後の厄介事なら仕方ないが、まだ買う前なのに。

人情劇に興味がない俺が、人情劇に巻き込まれてしまうとは、いかなる皮肉であろうか。

「うーむ……」

妹の要望を聞いて、姉だけ買ったら、姉から恨まれ。

姉の要望を聞いて、姉妹一緒に買ったら、妹から恨まれ。

説得に失敗したからと、両方買わなかったら、姉妹から恨まれ。

結局、俺は、どうやっても悪者。

脂ぎった中年男が、金で瑞々《みずみず》しい少女を買おうとしているのだから、当然であろう。

ならば俺は、この人情劇で、立派に悪役を演じきってみせよう。

時としておっさんは、自ら進んで悪人になる必要があるのだ！

「――くくっ、それは甘い考えだなぁ」

上目遣いで懇願する少女を見下ろし、舌舐《したな》めずりしながら笑みを浮かべる。

「妹と別れ、一人で買われていった姉が幸せになると、本気で思っているのかぁ？」

「どっ、どういう意味ですかっ⁉」

「よーく考えるといい。頼りない妹を置き去りにし、強引に自分だけ買われていったあの姉が、それで諦めてしまうと、本当に思うのかぁ？」

「――っ」

「きっと諦めきれず、毎日毎日俺にこう頼んでくるんだろうなぁ。『わたしはどんな命令にも従いますからっ、どんな変態プレイでも受け入れますからっ、だからどうか、妹を――』ってなぁ」

「そんなっ」

妹ちゃんが顔を真っ青にして震えだした。

実際に姉が似た台詞《せりふ》を言っていたので、妹も本当にそうなる恐れがあると思ったのだろう。

「そして妹も買ってほしいという姉の弱みを握った俺は、『それはお前の頑張り次第だなぁ』とか『そんなテクニックじゃ満足できないなぁ』とか、思わせぶりに毎日毎晩まだ成熟していない青い果実を思う存分弄《もてあそ》ぶんだろうなぁ」

「へっ、変態っ！」

悪役を演じているうちに、何だか楽しくなってきた。

涙目で睨《にら》んでくる妹ちゃんにもゾクゾクする。

「最後は、姉の身体を散々味わい尽くして飽きた俺が、新しいおもちゃを購入するんだ。そう、それが君だよ、妹ちゃん。よかったなぁ、最後の最後は、お望み通り、姉妹一緒だぞ?」

怖い。こんな鬼畜プレイを思いついてしまう自分が怖い。

「おっ、お姉ちゃんを返せーーっ!」

俺の迫真の演技に乗っかった妹ちゃんが、泣きながら掴《つか》みかかってくる。

それを華麗に躱《かわ》す俺。

あはは、捕まえてごらんなさーいっ。

「はぁ、はぁ、はぁ……」

数分後、妹ちゃんは息も絶え絶えに、椅子に寄りかかってぐったりしていた。

テーブルを中心に、部屋の中を何周も走りまくったから、大層お疲れだろう。

どうやらこの子には、料理スキルにも負けない素敵な才能があるようだ。

それは、根性! 根性さえあれば、何でもできる!

料理の才能がなくても、根性でカバーできるはずっ!!

「妹ちゃんの力では、俺は止められないと理解したようだし、最後にもう一度だけ聞こうかぁ」

「くっ……」

疲労困憊《ひろうこんぱい》で動けない妹ちゃんは、より一層の怒りを込めた視線を向けてくる。

「俺が姉だけを購入すれば、十八歳未満なのに十八禁バッドエンドへまっしぐら。だけど、姉妹一緒に購入した場合には、姉に手を出さないと約束しよう。むろん、君が料理で、俺を満足させ続けている間の話だがな。そして残念ながら、どちらも購入しなかったり、君だけを購入したりする選択肢は、ない。なぜなら、君たち姉妹は奴隷で、俺はそれを買うお客様だからだ」

「…………」

「──さあ、選ぶがいいっ。確実な悪夢か、それとも泡沫《うたかた》かもしれない幸せな夢かっ⁉」

もはや選択肢とは呼べない、ただただ相手を屈服させるための儀式。

姉は、俺に感謝するだろう。妹は、俺を恨むだろう。

感情の方向は、問題ではない。肝心なのは、強さ。

姉妹の強い想いは高いモチベーションとなり、必ずや素晴らしい料理を完成させるだろう。

そして俺は、思う存分に味わい、涙を流すのだ。

これは、確約された未来。

一つだけ心配なのは、極上の料理を堪能《たんのう》する前に、包丁で刺されて死なないよう、神に祈るとしよう。

「……お願い、しま、すっ。……お姉ちゃんと、あたしを、買って、くだ、さいっ」

妹ちゃんが、今にも人を刺しそうな表情で睨《にら》みながら、俺にお願いしてくる。

こんな形でしか説得できなくて、ごめんな。

だから、刺すのは、完成した料理を食べた後にしておくれ。

「うむっ、君たち姉妹の熱意は受け取った。俺と一緒に最高の料理を作ろうっ。料理業界の未来は明るいぞ！　ふはっ、ふははははっ──」

◇　◇　◇

この後、入れ替わりでもう一度お姉ちゃんを呼び出し、妹ちゃんが涙ながらに了解してくれたと伝えると、歓喜の涙を流していた。

兎《うさぎ》族の姉と妹が涙を流す理由は、正反対。

別に嘘《うそ》は言っていないから、俺の心は痛まない。

感謝の視線を向けてくるお姉ちゃんと、その後方から怨嗟《えんさ》の視線を向けてくる妹ちゃんとの、温度差が大変素晴らしい。

新たな旅立ちに、涙はつきものなのだ。


「へへっ、さすがは旦那ですねぇ。奴隷という商品を金で買うだけなのに、こんなにも悲喜こもごもな状況を引き出せるなんて、普通ではありえませんよっ」

「俺が悪いみたいに言うな。悪いのは、罪のない少女を売っぱらうあんたの方だ」

「それもまた、人生の一つですよ。旦那も分かっているから、奴隷を購入するんですよね？」

「……ふん、俺はそんな重たいものまで背負うつもりはない。ただビジネスの話をしただけだ」

まったく、料理のレシピ作りの準備が、ここまで大変だとは思わなかったぞ。

金さえあれば、簡単だと思っていたのに。

――人生で起こることは、すべて、皿の上でも起こる。

あるギャルソンの言葉が示すように、料理と人生は、決して切り離せない関係なのだろう。

まあ、とにかく、いろいろとあったが、これで人材は揃《そろ》った。

究極かつ至高の料理作りを目指す同志は、高い料理スキルを持つ人族のベルーチェ、家事全般が得意な兎《うさぎ》族の姉リエー、根性育成に期待できる兎族の妹コニーの三人。

数こそ同じだが、どこぞのポンコツトリオとは違う精鋭部隊である。

ようこそ、新たな人生へ。

俺の新たなパートナーのご活躍を心より期待しております。

◇◇◇

かくして、最高の客は、三つの商品を購入した。

何を基準に選んだのか、奴隷商人の男にはさっぱり分からない。

若い女であること以外に、共通点はなかったはず。

長年、奴隷館の店長を務める彼にも、その緑髪の男の嗜好《しこう》は読み取れなかった。

だからこそ、最高の人生を見せてくれる、最高の客。


なぜだか疲れた顔をしている緑髪の男を中心に。

人族の少女は男の腕を掴《つか》み、不気味に笑いながら。

兎族の姉は妹の手を取り、少し困ったように笑いながら。

兎族の妹は姉に手を引かれ、殺意が籠もった視線を男に向けながら。

最高の客と最高の商品は去っていく。

今日初めて顔を合わせ、少し話をしただけの間柄なのに。

不思議とその後ろ姿は、休日に遊びに連れて行けとせがまれる父と娘のように見えた。


玄関口で頭を下げて見送りながら、彼はその様子を嬉々として観察する。

三人の少女とは、そこそこ長い付き合いだが、こんな表情は一度たりとも見たことがない。

いつも無表情であった人族の少女が、笑顔を見せる姿も。

いつも気丈に振る舞っていた兎族の姉が、困った顔をする姿も。

いつも泣きそうな顔をしていた兎族の妹が、激情を露《あら》わにする姿も。

金銭で取り引きされる商品を、ただ普通に購入しただけなのに、どうしてこのような複雑な感情が飛び交うのだろうか。

他の客と同様に、人生を諦めて静かに悲しむ奴隷を粛々《しゅくしゅく》と連れて帰ればいいはずなのに……。

やはり、最高の客の品行は、誰にも真似できない。

買った直後でこれなのだから、今後の長い奴隷生活ではどうなってしまうのだろうか。

少女たちが変わりゆく姿を目で追えないことを、彼は残念に思う。

だけど、人生の転換期には、立ち会うことができた。

これから少女たちは、想像もできないほどの体験と感情に翻弄《ほんろう》されていくのだろう。

それを想像する機会を得ただけでも僥倖《ぎょうこう》なのだ。

季節が移ろうように変わりゆく奴隷を前にして、主人となった緑髪の男は、何を思うのだろうか。

自分の言動で一喜一憂する小さな女の子を前に、どのような感情を抱くのだろうか。
……きっと、何も気づかぬふりをして、変わらぬ自身を演じるのだろう。
それもまた、緑髪の男が最高の客たる所以《ゆえん》。
いつまで第三者のままでいられるのか、見物である。

——またのご来店を心よりお待ちしております。
他人の人生を狂わせることが大得意なお客様と。
あっしと同じように他人の人生が大好きなあなた様を。

第五十九話　それなりに順調な初日

かくして、三人の少女は、中年男の奴隷になることを決めた。

人族の少女ベルーチェは、男のせいで生じた感情の行き場を探すために。

兎《うさぎ》族の姉リエーは、男から前借りした恩情を誠心誠意お返しするために。

その妹コニーは、目的のためなら手段を選ばない冷酷非道な男の魔の手から姉を守るために。

「「「………」」」

三人の少女は、才能も性格も想いも三者三様であったが、大きな共通点ができてしまった。

それは、大層変わり者なご主人様の奴隷になったこと。

最初に実感したのは、奴隷館から外に出て路地裏に入り、高価な転送アイテムを使って転移させられた直後、であった。

「ここが、君たちの職場兼住居だ。最高の料理レシピを作るに相応《ふさわ》しいキッチンと調理器具、それに疲れを癒やす風呂と寝具を完備しているから安心してくれ」

「「「………」」」

転移した先、奴隷少女たちの前には、豪邸とまではいかないものの、一般の家族が住むには立派すぎる屋敷があった。

中年男は、とびっきりの変人であるのと同時に、とびっきりの大金持ちでもあるようだ。

「美味《おい》しい料理を作るために必要なのは、やはりキッチン。俺の地元に比べると劣るが、この世界で最先端のキッチンと調理器具を揃《そろ》えている。それ以外は普通の家と大して変わらないだろうが、他には誰も住んでいないから好きに使ってくれ」

「「「………………」」」

家の中を案内される奴隷少女たちは、驚きの連続でうまく言葉が出てこない。

その説明が本当ならば、たった三人の少女のためだけに——より正確に表現するならば料理のレシピを作るためだけに、豪華な設備の数々を用意したのだ。

中年男にとって、料理のレシピがどれほど重要であるのか、今更痛感させられる。

「……質問、いいかしら？」

三人の中で男の非常識さを最も認識しているベルーチェが、ちょこっと手を挙げて口を開く。

「ああ、何でも遠慮なく聞いてくれ。全ては明日の料理のためにっ」

「料理には関係ない話で悪いのだけど、ここは、どこなの？」

「んん？　そんなこと聞いてどうするんだ？」

「いいから教えてちょうだい」

中年男は質問の意図が分からないようで、不思議そうな顔をしながら説明する。

説明内容を要約すると、ここは奴隷館から遠く離れた場所にある街らしい。際立った産業こそないが流通の拠点であるらしく、さまざまな商品が集まっている。食材も例外ではなく、これに目を付けた男が、この街をレシピ作りに相応《ふさわ》しい拠点として選んだのだ。

「……理解、したわ。確かに聞いても、どうしようもないわね」

「その通り、君たちはくだらない世俗なんて気にしなくていいんだ。料理のレシピを作ることだけに集中してくれればいい。それこそが、明日への近道！」

「…………はぁ」

頭痛を我慢するためにこめかみを指先で押しながら、ベルーチェは深々と溜息《ためいき》をついた。

この場に連れてこられる前から、十分すぎるほど驚かされ、相応の覚悟をしていたつもりなのに、全然足りなかったらしい。

まだ混乱しているが、口を開けて呆《ほう》けている兎《うさぎ》族姉妹に比べればマシな方だろう。

「レシピレシピとしつこく言われて煩《わずら》わしく感じているだろうが、もちろん君たちのモチベーションを保つ重要さも承知しているぞ」

「本当かしら……」

「だから、まずはこの街にゆっくりと慣れ、生活基盤を安定させることから始めるといい。期間はそうだな、一か月ほどあればどうにかなるだろう。その間の生活費と身支度に必要な金は、この袋に入っているから適当に使ってくれ」

「「…………」」

「それじゃあ、一か月後にまた来るから――」

「ちょ、ちょっと待ちなさいっ。買ったばかりの奴隷を放置するなんて、どういう了見なのっ⁉」

「えっ、でも、女性の買い物に男がいても邪魔なだけだし、君たちもこんなおっさんと一緒にいても楽しくないだろう？」

「……いいから、まずは街を案内してちょうだい」

「これでも俺は、それなりに忙しいのだが……」

「この後にどんな予定があるの？」

「まずは、昼寝だな。今日はまだしていないから」

「……こんな金持ちの道楽に耽《ふけ》っている人が忙しいわけないでしょう。たとえ奴隷だとしても、レディを優しくエスコートするのが本物の紳士、でしょう？」

「なるほどっ、それはもっともだっ！」

あまり乗り気でなかった男だが、「道楽」や「紳士」と言われて嬉《うれ》しそうに納得し、ベルーチェに手を引かれるがまま街へと歩き出す。

どちらが主人で、大人で、保護者であるのか、分からない。

「あっ、待ってくださいっ。ほらっ、わたしたちも行かなくちゃ、コニーっ」

「あの人はもう放っておこうよ、お姉ちゃん……」

姉のリエーが、嫌がる妹コニーの背中を押しながら追いかける。

手を引いて前を歩く人族の少女と、手を引かれて当惑する中年男と、後からついていく兎族姉妹。

その様子は、今後の四人の関係を表しているようであった。

「ずいぶんと賑《にぎ》やかな街なのね」

「わたしとコニーが住んでいた村より、ずっとずっと大きいですっ」

「お、お姉ちゃんっ、迷子にならないように手を離さないでねっ」

ベルーチェ、リエー、コニーの三人は、これから暮らすこととなった街並みを眺め、驚きの声を上げた。

奴隷館の中で暮らしていて外に出るのが久しぶりなせいもあるが、道行く人々の多さと、ずらりと並ぶ大きな建物に圧倒される。流通の拠点としてたくさんの物資が集まるのは、それだけ人も金も集まり、街も栄えているのだろう。

「服を売っている店だけでも、いくつもあるわね。本当に好きに買っていいの？」

「ああ、まずは新しい生活に慣れるのが大事だから、必要だと思った物はなんでも買ってくれ」

「でも、料理を作るのに、服やアクセサリーは関係ないでしょう？」

「皆まで言わずとも分かっているさ。女性のお洒落《しゃれ》は必要経費。つらい仕事に向き合うモチベーションを保つため、美容と甘いお菓子は欠かせないよな、うんうん」

女心をこれっぽっちも理解していない男は、得意げに腕を組んで何度も頷《うなず》く。

奴隷館での会話と、これまでのやり取りを経て、少女たちは男の性格を少し掴《つか》めてきた。

「そういう理由なら、遠慮なく購入させてもらいましょう。ほら、あなたたちも一緒に」

「で、でもベルーチェちゃん……」

「お姉ちゃん、ここはベルーチェさんの言う通りにするのが正解だよ、きっと」

女性向けの服屋に入った三人の奴隷少女は、意気込んで思い思いの服に手を伸ばす。

上等な専門店で服を買うなんて、奴隷になる前でも経験がないイベント。

それなのに、女としての強い本能が、自身を着飾る正当性を激しく主張してくる。

一旦動き出してしまえば、もうやめられない。

「ねえっ、この服は私に似合っているかしら？」

「お、おう、ベリーキュートでコケティッシュで今風な感じだと思うぞ、うん」

一緒にいる男は、綺麗《きれい》な服を前にはしゃぐ少女たちから距離を取り、決まり悪そうに頭を掻《か》いている。

そんな男に追い打ちをかけるように、ベルーチェは両手で服を掲げて見せてくる。

「ご主人様は、どちらがお好みかしら、ね？」

「いやいや、男女間では埋めようがない美的感覚の違いがあるし、ジェネレーションギャップも懸念されるから、俺の意見なんて参考にせず好きに選んでいいんだぞ。いやほんとっ」

小さな女の子から大きな声で「ご主人様」と呼ばれた男は、店員の目を気にして外へ逃げようとするが、ベルーチェに先回りされて動けないでいる。

嫌がらせのようであり、純粋に褒めてほしいだけのようでもあり、その実、初めての街での初めての買い物で不安だから、ただ傍《そば》にいてほしい、だけかもしれない。

「あ、あのっ、ご主人様っ」

「……その呼び方はやめてくれ。本当にやめてくれ」

「で、では旦那様っ、わたしはどんな服を選べばいいのでしょうかっ？」

「いや、だからな？　好きに選んで――」

「駄目だよお姉ちゃんっ、こんな人に任せたらエッチな服を選ぶに決まってるんだからっ」

「……ねえ、店員さん？　そんな離れた所から見てないで、この子たちに似合う服を選んであげて？　ちゃんと仕事して？　店長にクレーム入れちゃうよ？」

こうして、身支度という名目のただのショッピングは、つつがなく進んでいった。

幸いにも少女たちは、奴隷として酷《ひど》い扱いをされた経験がなかったので、必要以上に萎縮《いしゅく》せずにすんでいた。

街の住民も、普通の親子を相手にするように優しく対応してくれる。

少女たちの首に嵌《は》められている奴隷を示す首輪の存在に気づき、中年男を微妙な表情で見る者もいたが、それは当然のこと。

四人が仲良さげに並んで歩くその姿は、少女たちが奴隷であることを知らない者から見れば普通で、知っている者から見れば異様であった。


「あら、本当にたくさんの食材が売られているのね」

「す、凄《すご》い数のお店ですねっ」

「人も多くてごちゃごちゃしてるね、お姉ちゃん」

街の一画にずらっと並ぶ食材専門の露店を見て、三人の少女は再び感嘆の声を上げた。

「これほどの食材を取り揃《そろ》えている街は珍しい。これこそが、この街を選んだ理由だ。この世界は食に対して淡泊すぎるから、探すのに苦労したぞ」

壮観な露店群と、驚く少女たちを眺め、中年男は満足そうに頷《うなず》く。

衣服をはじめとした日用品を買い終えた一行は、食材が売られている市場を見学に来ていた。

露店に並ぶ食材は、主食や野菜だけでなく穀物、果物、そして肉類や魚介類まで幅広く揃っている。特に肉類の大半を魔物から得るアイテムで賄《まかな》っている世界では、飼養された肉は珍しい。

「うんうん、素晴らしい活気だな。その溢《あふ》れんばかりの商魂を、料理を作る方にも注いでくれれば申し分ないのだが……」

所狭しと並ぶ露店の間を進み、多くの店員からステレオ調で呼びかけられ、すっかり怯《おび》えてしまった少女たちは、中年男の服を指先で掴《つか》みながら後をついていく。

「ここが君たちの主戦場になるから、今から慣れておいた方がいいぞ。すぐに『そこの長い黒髪のお嬢ちゃん、今日は活きが良い魚が入ってるから買っていきなよ！』ってな感じで、大きな声で気安く話し掛けられる関係になってしまうんだぞ」

「……料理って、家に閉じこもって作るだけだと思っていたのに、こんな難関があるなんて、今から憂鬱《ゆううつ》だわ」

「がっ、頑張って良い食材を探してみせますっ」

「いっ、一緒に来ようね、お姉ちゃんっ」

病気のため満足に外出もできなかったベルーチェは仕方ないとしても、兎《うさぎ》族姉妹も他人とのやり取りには慣れていない。

正確には、大人の男性を怖がっている。奴隷という立場なのだから、当然であろう。

しかし、主人となった中年男に対しては、恐怖以外の感情も芽生えているようであった。

「あの、旦那様っ、今更の話なんですが、これほど食材が揃っている街なら、料理店も多いはずですから、そこに頼んでレシピを作ってもらう方が簡単じゃないでしょうかっ？」

「そうなんだよなー、普通はそのはずなんだけど、そうは問屋が卸《おろ》してくれないんだよなー。確かにこの街は料理店も多いが、せっかくの豊富な食材を活かしている所は皆無。他の街と同じように、ろくに工夫も味付けもせずただ焼いているだけ。もはやこの世界の料理下手は、呪いではないかと疑うレベルのメシマズなんだよなー」

「め、めしまず？」

「ちなみに既婚男性が言うところの『嫁の飯がマズい』は惚気《のろけ》の一種だから殴っていいと思う」

「あのっ、そんなに美味《おい》しくないんですかっ？」

「俺の地元には『百聞《ひゃくぶん》は一見《いっけん》に如《し》かず』って格言がある。だけどこの場合は、『百見は一食に如かず』と言った方が相応《ふさわ》しい。とにかく、食ってみれば分かるって話さ」

一行は食材市場を通り抜け、その先の区画へと移動。

そこには、到底マズいとは思えない立派な店構えの料理店が建ち並んでいた。

「少し早いが晩飯として、食い倒れツアーを敢行《かんこう》しよう。数店舗を食って回れば十分理解できるはずだ。あっ、お腹《なか》いっぱいになっても解消する薬があるから、気にせずどんどん食べてくれ」

若くて世間知らずの奴隷少女は、世の中にはそんな薬もあるのかと感心するだけで、その薬の正体がマジックアイテムの中でも稀少な状態回復薬であることには気づけなかった。

……後々気づいた時には、もうすっかり男の非常識さに慣れていたため、大きな溜息《ためいき》が零《こぼ》れるだけであったが。

こうして、「入店→実食→食べすぎてお腹痛い→薬で回復→退店→移動→入店→実食」のループを数回繰り返した少女たちの感想は——。

「普通に美味しかったと思うわよ？」

「わっ、わたしもそう思いましたっ」

「お姉ちゃんと同じです」

中年男の予想に反し、肯定的な意見ばかりであった。

「……そうか、君たちは長い監獄生活で、臭い飯ばかり食べ続けてきたんだな。それでも食べ足りないから、ドブネズミを捕まえて生のまま囓《かじ》っていたんだよな。そんなんだから、何の工夫もない焼いただけの手抜き料理でも満足できてしまうんだな。うんうん、大変だったね、思う存分、泣いていいんだぞ。あの奴隷館の店長、今度会ったらぶん殴っておくから」

「私たちを犯罪者みたいに言うのはやめてちょうだい。奴隷だから自由はなかったけど、商品としての質を保つために、安物だけど食事は十分に与えられていたわ」

「なっ、なんだってっ⁉」

「その嘘《うそ》くさい演技もやめてちょうだい。散々ご高説を聞かされたけど、結局のところ、あなたの舌が特殊で、それに合うのが高級料理だけって話じゃないの？」

「またまたご冗談を。気品溢《あふ》れる振る舞いからそう思うのは仕方ないが、俺の味覚はワンコイン牛丼でも十分満足できる汎用性《はんようせい》を誇るんだぞ」

「……あなたはきっと、物の価値ばかりでなく、全ての感覚が狂ってしまっているのね」

「ふむ、ならばちょうどいい機会だから、本当の料理ってものをお見せしよう！」

そう宣言した男は、少女たちを連れて屋敷へ戻り、そのまま食堂へと案内した。

そして、懐《ふところ》に手を入れ、次々と料理を取り出していく。

「……収納用のアイテムから取り出すにしても、懐《ふところ》から出されると食べる気が失せるわ」

「料理ってヤツは、味だけでなく小粋な演出も大切なのさ」

「…………」

「…………」

かろうじて軽口がたたけたのは、ベルーチェだけ。

兎《うさぎ》族の姉妹は、まだ口にしてもいないのに、初めて見る料理に圧倒されている。

それほどまでに、彼女たちが今まで見てきた料理とは、オーラが違っていた。

「さあ、冷めないうちに食べてくれ。これこそが人類の知恵と技術と欲望を結集して作られた真の料理。君たちが目指す料理の完成形だっ!!」

「「──っ」」

奴隷だけど、恥も外聞もある、三人の少女。

それなのに、食べ出したらもう止まらない。

本能の赴くまま、手と口を動かし続け、続け、続け──。

「これ以上食べたら死んでしまう」と、本能が激しく警告を鳴らすまで続けられた。

「……………やっぱり、馬鹿な私が知らなかっただけで、世界は果てしなく広いのね。こんなにも美味《おい》しい料理があるなんて、ね」

「おっ、美味しすぎますっ、もう死んでもいいくらいにっ。でももっと食べたいから死にたくありませんっ」

「ううっ、食べすぎてお腹《なか》が痛くて吐きたいのに、もったいないからできないよっ」

「感動に浸っている最中に悪いが、話が進まないので回復させるぞ」

中年男はそう言うと、テーブルの上に上半身を伏せてぐったりしている少女たちに、状態回復薬をぶっかけた。

「……まさかとは思っていたけど、体に注ぐだけで効果を発揮するってことは、その薬はマジックアイテムだったのね」

「あれ、言っていなかったかな？」

「あなたって、何から何まで非常識だから、もうどうでもいい気分だわ」

「そうそう、料理以外を気にしても意味なんてないと気づいてもらえて嬉《うれ》しいぞ。……それで、自分たちが目標とする料理を知って、どう思ったかな？」

レシピ作りを任命されている三人の奴隷少女は、複雑な表情で空になった食器を見た。

「大袈裟《おおげさ》に言っているのだと思っていたけど、この料理に関してはあなたの言葉が正しかったわ。こんな料理を食べ続けていたら、他の料理では満足できない身体になるのも当然ね。生きるための養分として必要な食事を、ここまで彩るなんて、まさに道楽者の究極の贅沢《ぜいたく》だわ」

「そうだろうとも、そうだろうともっ」

「正直な話、どんな素材を使い。どんな方法で作っているのか、さっぱり分からなかったけど、綿密に計算し尽くした料理だと感じたわ」

「それは仕方ない。一口食べただけで料理の全てを解明するだなんて、ゴッドタンでも持っていなければ不可能だろうさ」

「あの、旦那様っ、これほど完成された料理なら、すでにレシピもできているんじゃないでしょうか？」

「お姉ちゃんの言うとおりだよっ。だいたい、こんなに美味《おい》しい料理をいっぱい持ってるんだから、わざわざレシピを作らなくてもいいじゃないっ」

「うむ、それはもっともな意見だ。実際、先ほど食べた料理はいくらでも出せるし、そのレシピも少しは持っている」

「だったら――」

「だが、この料理は俺の地元で作られたもので、種類が限られるから、同じ物ばかりではいずれ飽きてしまう。それに、この地域にはない素材や調理器具を使用しているから、仮にレシピがあっても再現できない。まさに宝の持ち腐れだ」

「「…………」」

「だから君たちには、この料理をお手本にして、誰でも入手可能な素材と一般的な技術を使い、料理スキルを持っていない者でも再現できるように、噛《か》み砕いたレシピを確立させてもらいたいんだ。味や形は多少変わってもいいからさ」

料理のレシピ作りといった前代未聞の仕事は、独善的な男が金持ちの道楽として、自分自身を満足させるためだけに行おうとしている。……少女たちは、そう思っていた。

だけど、誰もが作れるレシピ作りが目的であるのなら、話は変わってくるのかもしれない。

「……ようやく、あなたが本当にやりたいことが分かった気がするわ」

「そうなのか？　俺は最初から同じことを言っていると思うのだが？」

「あなたは口数が多いくせに肝心な所は端的にしか告げないし、私たちと常識も違うから上手く伝わらないのよ」

「ふむ、男と女では見えている世界が違うそうだから、すれ違いもあるんだろうな」

「もう、それでいいわ……。とにかく、明確な目標が定まったことだし、私たちにはそれを実行できるだけのスキルが備わっている。ついでに、あなたのサポートは過剰なまでに完璧。これなら、案外簡単にレシピが完成するかもね？」

「おおっ、それは頼もしい言葉だな。約束通り、規定のレシピが完成したらご褒美があるから、しっかり頑張ってくれ！」

「はいはい、言われなくてもそうするわ。もちろんご褒美のために、ね」

「楽しみにしているぞ、ベルーチェ」

「――――っ」

初めて名前で呼ばれた少女は、真っ白な肌を紅潮させて俯《うつむ》いた。

「旦那様っ、わたしも精魂込めて頑張りますっ」

「リエーは、もう少し肩の力を抜いていいからな」

兎《うさぎ》族の姉は、赤いお目々をくりくりさせて男を見上げた。

「こんな人のために、お姉ちゃんは無理しなくていいからねっ。その分あたしが頑張るからっ」

「コニーは、もう少し俺に懐いてくれていいからな」

兎族の妹は、赤い目を真っ赤にさせて男を睨《にら》んだ。

「うんうん、順調順調」

高揚する三人娘を見て、料理に対する意気込みの表れだと思った男は、満足げに頷《うなず》く。

「女心に聡《さと》い俺にかかれば小娘を誑《たぶら》かすなんて楽勝楽勝」とでも考えているのだろう。

「でも、誰にでも作れる料理ってのは、少し複雑ね」

「ほう、どういう意味かな、ベルーチェ？」

「だって、それは、私じゃなくてもいいってことでしょう？」

「おおっ、もう料理人としてのプライドに目覚めたのかっ。いいぞいいぞっ、その意気込みで頑張ってくれっ！」

「……急にやる気が失せたわ」

「なんでっ⁉」

こうして初日は、それなりに順調に始まったのである。

第六十話　朝の始まり

「――よしっ」

ベルーチェの朝は、早い。

奴隷館に閉じ込められていた頃は、不自由な体と不安しかない未来に苛《さいな》まれ、悪夢にうなされる日々を過ごしていた。

だけど今は、清潔で柔らかいベッドで熟睡し、朝が待ちきれないとばかりに目を覚ます。

「……あるわね」

目を覚ました彼女は、まず両手がちゃんとあるのかを確かめ、次に両足を確かめ、最後に頬をつねって、夢でないことを確かめる。

手と足に障害のあったベルーチェにとっては、これ以上ない日常だ。

「うんっ！」

朝の日課を終えると、そそくさと着替え、勢いよく部屋を飛び出る。

この姿を誰かに見てほしくて仕方ない。

この気持ちを誰かに伝えたくて仕方ない。

だけど、その誰かさんは、この家にはいない。

立派すぎる家に住むのは、三人の奴隷少女だけ。

奴隷の主人兼家主であるはずの中年男は、月に一度の品評会か、緊急事態だと騒ぎ立てて呼び出さない限り、頑《かたく》なに顔を出そうとしない。

少女たちの住む環境と調理器具を整えた後は、基本放ったらかし。

「まったく、買ったら最後まで面倒見なさいよっ」

高い金を払って購入した奴隷を放置。ペットでも、もう少し構ってやるはず。

レシピ作りに欠かせない人材だとおだてるくせに、実際の扱いはペット以下。

これでは、本当に美味《おい》しい料理のために奴隷を買ったのかさえ、疑わしい。

「ほっ、ほっ、ほっ……」

鬱積《うっせき》した感情を発散するためにも、ベルーチェは早朝のランニングに勤《いそ》しむ。

謎の男が持つ謎の薬で手足は再生し、体調も元に戻った。

しかし、病魔に侵されていた期間の体力の衰えまでは戻しようがない。

こうして体を動かし、人並みの体力をつけねばなるまい。

料理作りには、体力も必要なのだ。

むろん、自立した大人のレディとして見られるためにも――。

「ふう……。運動の後の朝風呂は格別ね。料理以外にはあまり興味を示さない彼が、生活の必需品として用意したのもよく分かるわ」

ランニングで汗を流した後は、風呂に入ってさっぱりする。

彼女たちが住む家には、立派なキッチンだけでなく、風呂場まで完備されていた。

これほど整った環境を享受《きょうじゅ》できる者は、この広い街の中でも一握りだろう。

「これだけ広くて住みやすい家なのだから、一緒に住めばいいのに……」

普段の彼は、いったいどのような暮らしをしているのだろうか。

奴隷である自分たちがこんな贅沢《ぜいたく》をしているのだから、もっと広くて立派な豪邸に住んでいるに違いない。

そして周りには、多くの美女を侍《はべ》らせているはず。

「ぶくっ……」

邪念を追い払おうと、ベルーチェは湯に頭を沈めた。

これ以上考えても、どうしようもない。この身は奴隷であり、彼はご主人様。

ぱっとしない容姿で性格に難があるものの、天井が見えないほどの大金持ちで、それなりに良識も持ち合わせているから、ベッドの中で遊ぶ相手には困らないだろう。

まだ子供で、貧相な自分なんかでは、太刀打ちできない。

「ぶくぶくぶく……」

だけど、自分には美味しい料理を作る力がある。

何一つ不自由していない彼が、わざわざ小汚い奴隷を買ってまで得ようとしているもの。

それだけの価値が、料理には——自分にはあるのだと信じたい。

彼の関心を引くには、それしかないのだから。

今は、自身が持つ唯一にして最大の武器を信じ、邁進《まいしん》あるのみ！

「ぷはっ。……よしっ、今日こそは、すっごいレシピを完成させるわよっ」

ベルーチェの一日は、こうして始まる。

◇　◇　◇

「お姉ちゃん……」

「う、ううっ……」

兎《うさぎ》族姉妹の朝は、遅い。妹のコニーは、姉に抱きついて、気持ち良さそうに寝続ける。

姉のリエーは、妹からぎゅっと抱きつかれて身動きできないが、安心したように眠り続ける。

「「すーすー……」」

奴隷館に閉じ込められていた頃も、二人で一緒に眠っていた。

商品としての奴隷の質を損ねないよう、環境は決して悪くはなかった。

だけど、妹は不安で眠れず、姉も妹が寝るまであやしていたので、熟睡できなかった。

どちらかが購入され、離ればなれになる時が明日にでも来ると知っていたからだ。

そしてそのまま、一生再会できないことも――。

「「すーすー……」」

幸運にも、心配は杞憂《きゆう》に終わった。

兎族姉妹を買った主人は、とびっきりの変人だが、直接的な害はない。

少なくとも、今のところは。

「「すーすー……」」

目を覚ませば、現実が待っている。ただひたすらに、料理のレシピを作る日々が。

料理店で働いていると思えば、仕事内容に大した違いはないのかもしれない。

大きな違いは、自由が許されていること。少なくとも、朝起きる時間を選べる程度には。

決まった給料こそないが、衣食住や環境に問題はない。

むしろ、街中で働く大人の女性よりも、遥《はる》かに恵まれているだろう。

だから、変わり者の主人のもとで働くのは、苦ではない。

少なくとも、今のところは。

「すーすー……」

それでも、姉妹一緒に安心して眠る時間は、何物にも代えがたい。

主人の幸せが、料理であるように。

姉妹の幸せは、ただ二人でゆっくりと過ごせる日常。

「すーすー……」

この幸せを守るためには、何でもする。

この幸せを与えてくれる相手には、何でもする。

目的は同じで。認識は違うようで。でも結局、方法と結果は同じなのかもしれない。

「ほらっ、そろそろ起きなさいっ！」

リエーとコニーの一日は、朝風呂を済ませたベルーチェが起こしに来るまで始まらない。

◇　◇　◇

「らっしゃい、らっしゃいっ！」

三人の料理作りは、お買い物から始まる。

朝市へ出向き、思い思いの食材を購入する。

「よおっ、ちっこい黒髪の嬢ちゃん！　今日も新鮮なヤツが入ってるぜっ！」

すっかり常連になった三人は、行く先々で熱心に声をかけられる。

さまざまな食材を大量に買い込み、収納アイテムに入れて持ち帰るお得意さんだから当然だ。

最近では、爆買い三人娘の休日に合わせて店を休日とする露店も少なくない。

「……本当に、彼が言ったような状況になってしまったわね」

人との接触が苦手なベルーチェは、うんざりした声を上げた。

しかし、これも仕事。主人が満足する料理を作るため、新鮮な食材は欠かせない。

「わたしとしては、毎日お勧めの食材を教えてくれるから助かっているけど……」

「お姉ちゃんはいっつも買いすぎだよっ。勧められた通りに全部買ってどうするのっ⁉」

「だってっ、たくさん買えば、たくさん料理が作れるし」

「どんな食材を使ってもちゃんとした料理を作る才能は、リエーが一番ね。きっとあなたのような人が、いいお嫁さんになるのだわ」

「そ、そんなことないよ、ベルーチェちゃんっ」

「結婚なんて絶対に駄目だよっ、お姉ちゃんを幸せにできる男なんていないからっ」

両親に売られ、同じ理由で買われ、共同生活を続ける三人は、すっかり仲良くなっていた。

一癖も二癖もある主人に捕らわれているのだから、結束は不可欠である。

「コレとソレ、それにアレをもらうわ」

「へい、まいどっ！」

ベルーチェは気になった珍しい食材を、リエーとコニーは店員のお勧めを購入しながら、広い朝市を見て回る。最初は遠慮して安い物ばかり買っていたが、主人から渡される必要経費とやらに上限がないと分かった今では、値段を気にしなくなってしまった。

自分たちが暮らす屋敷の購入費や維持費、それに主人が使いまくるアイテムに比べたら、食材の値段の違いなんて微々たるものである。

『必要と思った物を必要な時に必要以上に余裕を持って買うための経費。それが必要経費だ』

ある意味正しいような、それでいて決定的に間違っていそうな台詞《せりふ》は、主人の得意なもの。

金銭感覚が狂いつつある自分も恐ろしいが、それ以上に大金を奴隷に渡す男の気が知れない。

美味《おい》しい料理のレシピを作るためには、金なんてどうでもいいのだろう。

レシピ作りを任命された奴隷少女に求められるのは、節約や効率などではない。

誰もが再現できる確実なレシピの完成、それだけなのだ。


「「「――――」」」

食材を買い集め、屋敷に戻った三人は、おのおの料理作りに勤《いそ》しむ。

これまで家事の手伝い程度にしか携《たずさ》わってこなかったので、ほぼ手探り状態。

それでなくとも、この世界の料理は、単純に切って焼いて食べるのが基本。

高ランクの料理スキル所持者でも、手本となる完成品があっても、簡単にはいかない。

食材や器具に慣れるために、いろいろな調理法を試すために、料理という生きる上で欠かせない究極の道楽を見極めるために、一つ一つ考えながら、ひたすら多くの料理を作り続ける。

思考。実行。試行錯誤。教訓。反省材料。失敗は成功の母。

とにかく最初は、実践が一番。

調理という簡単なようでどこまでも奥深い技能を、体で理解していく。

少しずつではあるが、より確実に、より深くに。

「……今日も、作りすぎたわね」

作った料理は三人で試食して意見を出し合うが、胃袋が消費できる量には限界がある。

当然、多くの料理が残ってしまう。

この問題について主人に相談したところ、意外な答えが返ってきた。高い食材の購入や試作の繰り返しは全く気にしないくせに、余った料理を捨てるのには拒否反応を示したのだ。

『どんな料理にも神が宿っている。だから、ご飯一粒でも残すのはよろしくない』

宗教めいた道徳観であったが、奴隷館で質素な生活を余儀なくされてきた奴隷少女に、異論などあろうはずがない。

だからといって、主人が提案した『その辺で暇そうにしている小僧にでも食べてもらえばいい』という投げやりな解決法もどうかと思うが、他に案が浮かばないのだから仕方がない。

「余った料理は、わたしとコニーで配ってくるね」

「行ってくるね、ベルーチェさんっ」

「……ええ、お願いするわ」

いつしか習慣になっていたようで、三人の奴隷少女が住む屋敷の庭には、昼食と夕食時に子供たちが集まるようになっていた。

年配の者だけでなく年少者との付き合いも苦手なベルーチェは、リエーとコニーが配った料理にがっつく子供たちの姿を、屋敷の中からこっそり窺《うかが》う。

一般人から料理の感想を聞く目的もあるのだが、あの調子では期待できない。

さまざまな物資が集まる裕福な街ではあるが、日常的に腹を空《す》かせている子供は少なくない。

富はあれど、平等に行き渡らないのが、社会の仕組み。

このため、集まってくるのは、ただの暇な小僧ではなく、そのまま放っておいたら餓死してしまいそうな貧困層の子供たち。

「はぁ……。何をやっているのか、ますます分からなくなるわ」

奇妙で残酷な社会構造を垣間《かいま》見《み》たベルーチェは、嘆息した。

腹を空かせた子供にとって、無償で料理を配布する兎《うさぎ》族姉妹は女神に見えるだろう。

法律上の身分としては、奴隷である自分たちよりも、貧しくとも家庭がある子供たちの方が遥《はる》かに上のはずなのに。

これでは、何のために料理を作っているのか、分からない。

「……そもそも、私たちなんかに料理を作らせている理由が曖昧《あいまい》なのだから、当然だわ」

三人の少女を購入した主人は、最高の料理レシピを作るためだと息巻いていたが、本当にそうなら、もっと確実で効率のよい方法があったはず。潜在的な料理スキルを持つ素人《しろうと》に頼るより、すでにスキルを使いこなす者を探す方が確実だし、経験が多い年長者を雇った方が効率的だろう。

金に物を言わせた合理性重視に見えて、どこか抜けていて、まどろっこしい。

あえて回り道や綻《ほころ》びがある道を選んでいるように思える。

回りくどい喋《しゃべ》り方と的外れな情熱を燃やす主人には、それがお似合いなのかもしれない。

「それもまた、料理のように複雑なのでしょうね」

主人の気まぐれの恩恵を受けているのは、腹を空《す》かせた子供ばかりではない。

一番影響されているのは、他ならぬ自分自身。

それを考えると、思わず口元が緩む。

「まだまだ、ね」

自分が作った料理を食べ、ベルーチェは笑った。

第六十一話　馬鹿と役立たず

恵まれた環境のもと、料理のレシピ作りは進められていった。
人材、食材、調理器具、お手本、モチベーションなどなど、細部に至るまで完璧と思われたプロジェクトは、順調に成果を出すと思われていたのだが――。

「……やっぱり私は、馬鹿な女だわ」

「……ごめんね、お姉ちゃん。あたし、やっぱり役立たずだったよ」

開始して、まだ二か月で、早くも難航していた。

「彼に認められて浮かれていたようだわ。手足が使えるようになっても、手厚く準備してもらっても、レシピ一つ作れやしない。やっぱり私は、五体満足でも何もできない女なのね」

「お姉ちゃんを助けたくてついてきたのに、一生懸命に頑張ればどうにかなるって思っていたのに……。やっぱりあたしは、いつまで経《た》ってもお荷物な妹なんだよ」

「ふ、二人とも、まだ始めたばかりじゃないっ。これからきっと上手くいくよっ」

自信満々だったベルーチェと、やる気に満ちていたコニーは、テーブルに突っ伏し、どんよりした空気を漂わせていた。

リエーが必死に慰めるが、あまり効果はない。

「リエー、あなただけは本物だわ。この短時間で、レシピを二つも完成させているのだから。……もう、リエーだけが彼の傍《そば》にいれば、それでいいんじゃないかしら。料理だけでなく、家事全般も完璧だし、ね」

「駄目なあたしがお姉ちゃんを心配するなんて、そもそもが間違いだったよね。……せめて、あの人の欲望はあたしが引き受けるから、お姉ちゃんは立派な料理人になってね。あたしはあの世に行ってもずっと見守っているから」

むしろ、慰めるほどに逆効果。落ちこぼれ組の二人は、どんどん卑屈になっていく。

優等生には、劣等生の気持ちは分からないのだ。


世界でも屈指の料理スキルを持つベルーチェが落ちこぼれた理由。

それは、才能がありすぎて、感覚でしか料理を作れず、考える前に手が動いてしまうから。毎回違う調理方法になり、細かな手順も覚えていないから、レシピ化できないのが原因である。

腕前は素晴らしく、料理の完成度も及第点に達しているのだが、彼女に課せられた使命は一回限りの料理ではなく、誰でも再現可能な料理のレシピ作り。

彼女にしか作れない即席のオリジナル料理では、意味を成さない。

料理作りとレシピ作りは、同じようで違うもの。

彼女の際立った才能とレシピ作りとは、残念ながら相性が悪かった。

こんな失敗が重なった結果、元来の自信が反転してしまい、いじけ状態になっているのだ。


強い使命感と根性を持つコニーが落ちこぼれたのは。

それは、やはり料理スキルを持っていないのが原因である。

もとより承知していた短所だが、自身の見込み以上にマイナス具合が大きかった。

スキルによる補助がないため、味蕾《みらい》が少なくて味覚が未発達の彼女には味の強弱があまり理解できず、調理の発想も湧いてこない。

完成品がイメージできないのだから、美味《おい》しい料理を作れないのも当然であろう。

このような失敗が重なった結果、自分の料理では姉を守れないと諦め、せめてもの懺悔《ざんげ》として人身御供《ひとみごくう》となる覚悟を決めたのだ。


「馬鹿よ、本当に馬鹿よっ。少しばかり必要とされたからって、調子に乗ったあげくがこのざま。男に騙《だま》される女は馬鹿だと思っていたけど、騙される以前に勝手に勘違いしてしまう私は大馬鹿者よ。馬鹿馬鹿本当に馬鹿。こんな馬鹿な女、消えてしまえばいいのに――」

「あたしは何もできないあたしは何もできないあたしは何もできないあたしは何もできないあたしは何もできないあたしは何もできないあたしは何もできないあたしは何もできないあたしは何もできないあたしは何もできない――」

「あっ、あわわっ、こっ、このままじゃ大変なことにっ⁉」

際限なく落ち込んでいく二人を見て、リエーは心底慌てた。

普段やる気が高い分、その反動も大きかったようで、落ちこぼれ組は自己嫌悪に陥り、とどまるところを知らない。このままでは、再起不能な状態にまで陥ってしまうだろう。

主人に相談したら、解決策を見つけてくれるだろうか。

それとも、大金を使った結果がこれかと、激怒するだろうか。

……それなら、まだいい。一番怖いのは、あっさりと受け入れられてしまった場合。

元々無理のある計画だったと受け入れ、諦め、あっさり破棄してしまいそうな危うさがある。

それだけは、何としてでも回避しなければならない。

どうにか二人をサポートして、自信を取り戻してほしいのだが――。

「でもでもっ、どうすればいいのっ⁉」

励ます程度で解決するのなら、とっくの昔にそうしている。

ベルーチェとコニーに、料理作りの素質がないわけではない。

むしろ十分なスキルと根性が備わっている。

その力が、レシピ作りという目的に対して機能していないだけ。

言葉では補うことができない。手本を見せてどうなるものでもない。

一人は、突出した才能故に結論だけを見てしまい、道筋の途中が整理できないでいる。

もう一人は、過程を積み上げる能力はあるが、結論に至る道筋が見つけ出せないでいる。

まるで、正反対の二人。そう、ちょうど、正反対。

だったら――。

「そうだっ、ベルーチェちゃんが作る料理の過程を、コニーが記録して、それをコニーだけでも再現できるような内容に補正すれば、ちゃんとしたレシピになると思うよっ」

己《おのれ》の短所は、己の長所では補えない。

だけど、他の者の長所では補えるかもしれない。

まるで、パズルの凹凸《おうとつ》のピースみたいに。

「……つまり、私とコニーが協力すれば、お互いの欠点を埋めることができるってわけね」

ベルーチェは、リエーが言わんとするところをすぐに理解した。

「こんな簡単なことにも気づけないなんて、今まで独りを気取って周りを見ていなかったツケでしょうね。やっぱり私は、馬鹿なのだわ」

「ベルーチェさん……」

「でも、馬鹿な私にも、まだやれることがある。……ねえ、コニー、私と協力してレシピを作ってちょうだい。完成したレシピは、二人で半分こにしましょう」

「それはあたしにとっても、すっごくありがたい話ですけど……。でも、そんな方法でレシピを作ってもいいんですかっ？」

これまで自己流で突っ走ってきたベルーチェが頭を下げる様子を見て、コニーは慌てて返事をする。これ以上ない解決策に思えるが、今までやってきた、それぞれの個性を反映したレシピ作りを否定してしまいそうで、少し不安になったのだ。

「別に私たち三人は、競い合っているのではないわ。彼の注文は、『たくさんのレシピを完成させること』。ただ、それだけ。そのためなら、どんな手段でも容認してくれるはずよ。私たち二人で二倍のレシピを作れば、何の問題もないはずよ」

「そ、そんなものでしょうか？」

「難しく考えなくていいのよ。そもそも、私たち三人が一緒に暮らし、一緒に料理を作っているのは、最初からお互いの長所を活かして協力するのを見越してのことでしょうね」

「……本当にあの人が、そこまで考えているんでしょうか？」

「明確に意図しているわけではないでしょうね。でも、結果的に良い方へと転んでしまう。お腹《なか》を空《す》かせた子供たちが集まってくるのと同じで……。それが彼の本当の凄《すご》さかもしれないわね」

「…………」

ベルーチェは、まるで彼氏自慢をするかのように、嬉《うれ》しそうな表情で説明する。

逆にコニーは、主人を肯定する話を聞くと、言いようのない感情に囚《とら》われる。

「前から疑問に思っていたのだけど、彼の話をすると、コニーはなぜ嫌そうな顔になるの？」

「……なんだかムカムカするからですっ！」

「くふふっ、まあいいわ。お互い、思いは違っても目的は同じはず。だから、もう一度お願いするわ、コニー。私と一緒にレシピを完成させて、彼を見返してやりましょう？」

「――はいっ！　こちらこそお願いしますっ」

かくして、感覚派と堅実派がタッグを組む運びとなった。

奴隷館で主人が愚痴っていたように、ただレシピを作るだけなのに、逸話には事欠かない。

やはり、料理と人生とは、密接に繋《つな》がっているのだろうか。

それとも、気まぐれな主人に翻弄《ほんろう》されているだけだろうか。

兎《と》にも角《かく》にも、注文と話題の多い料理のレシピ作りは、続くのである。

第六十二話　休日の過ごし方

奴隷の務めとして、料理のレシピ作りに明け暮れる日々。

だけど、実際は少々異なる。

主人である中年男から、十日間のうち最低一日は休暇を取るように厳命されているからだ。

『うちはブラック企業じゃないから、しっかりと有給休暇を消化してもらうぞ。同じ作業を長時間続けていると、集中力が切れて生産力が下がる。集中力とは消耗品であり、休むことで回復すると著名人も言っていたからな。より良い成果を出すためには、適宜《てきぎ》リフレッシュすることが必要不可欠なんだ。むしろ人生そのものがリフレッシュであるべき。あー、働きたくないなー』

正規に働いている者でも、月に一度の休みがいいところ。ましてや、消耗品に等しい奴隷に休息など言語道断。……なのだが、非常識の塊《かたまり》のような主人なので、少女たちも反論は諦め、素直に従うようにしていた。

「仕事を休んで子供らしく遊べ。──なんて言われても困るのよね」

病気になる前は、家の中でお勉強。病気になった後は、奴隷館暮らし。

ある意味箱入り娘であるベルーチェは、嘆息した。

丸一日を費やして遊び通した記憶などない。

貧乏で物心ついた頃から働き詰めだった兎《うさぎ》族姉妹も、似たようなものだ。

「でも、こうやってお菓子を食べながらのんびり過ごせるのは、とっても幸せだと思うよ」

「美味《おい》しいねっ、お姉ちゃん。……あの人からもらったお菓子ってのが悔しいけど」

せっかくの休日も、家の中で三人一緒に雑談しながら過ごす方法しか知らない。

それでも、実家や奴隷館で過ごしていた頃と比べれば、十分に満ち足りた日々。

料理にしか興味のない主人以外の人に買われていた場合とは、比べるべくもないだろう。

「奴隷に休みを与えるだけでも異常なのに、休暇用に渡されたお菓子はそれ以上に異常ね。自分で料理を作り出す今だから分かるけど、こんなにも完成されたお菓子は王都にも売っていない気がするわ」

「王都にもないのなら、旦那様はどこから買ってきているのかな？」

「駄目だよお姉ちゃん、あの人のことは考えるだけ無駄なんだから」

女が三人寄ればというように、雑談は盛り上がる。

三人に共通する話題は、奴隷館での暮らしか、今この時だけ。

おのずと、自分たちを購入した酔狂な主人の話題に絞られる。

「彼が言っていたように、こうしてお茶とお菓子を食べながら、時間を無駄に過ごすのも悪くない気分だわ」

「でも、こんな楽しみ方が家の中でしかできないってのは、寂しい気がするね」

「そうね、彼が口にする『かふぇ』ってのは、家の外で楽しむための場所なのでしょうね」

「……あの人には似合わないよ、そんな素敵な場所なんて」

似合わないといえば、全てが似合わない。

大して料理の味が分からないくせに、グルメぶるところも。

くたびれた格好をしているくせに、とんでもなくお金持ちなところも。

覇気《はき》の感じられない中年のくせに、結構強いところも。

「あのっ、旦那様はどのくらい強い、のかな？」

兎《うさぎ》族の姉リエーがそう切り出したのには、理由がある。先日、乗り気じゃない主人の手を引っ張り、街の探索の続きを行なっている最中、チンピラに絡まれたのだ。

冴《さ》えない中年男が上等な服を着た少女を三人も連れ回していたから、目立ったのだろう。

難癖をつけられた当初は、細い目をさらに細めて無視していたのだが、チンピラの一人がベルーチェの黒髪に触れようとした瞬間、忠告もせずに蹴り飛ばしてしまった。

さらには激昂《げきこう》して、襲いかかってきた他の仲間を文字通り全員一蹴。

その後は、「やっべ、やりすぎた」と呟《つぶや》きながら逃げるように立ち去ったので、吹っ飛ばされて壁に激突した相手の安否は定かではない。

「見かけによらず、そこそこは強いのでしょうね」

「あの時のベルーチェさんは、あの人が助けてくれたからって、うっきうきでしたよね」

「……ちょっとコニー、憶測で物を言うのはやめてちょうだい？」

割と綺麗《きれい》好きな主人は、チンピラの汚い手で自分の料理人が汚れるのを嫌っただけであったが、その際に呟いた「何人《なにびと》たりとも髪フェチな俺の前で美しい髪を汚すのはゆるさねえ！」という台詞《せりふ》は、ベルーチェの白い肌を赤く染めるのに十分であった。

「あのね、ベルーチェちゃん、わたしはあの時に、蹴り飛ばされちゃった人たちを鑑定アイテムで見てたんだよ。その中には、レベル30を超える人もいて……」

「あら、そうだったの？　私は気づかなかったわね……」

「ベルーチェさんはうっきうきで、あの人ばかり見ていたから気づかなかったんですよね」

「だから違うって言っているでしょうっ」

妹とベルーチェが言い合う様子を見て、ずいぶん仲が良くなったなぁと、姉は嬉《うれ》しく思う。

「あの、だからっ――」

「リエーが気にしていることは、よく分かったわ。つまり彼は、レベル30程度の相手なら、簡単に倒せる力を持っているのでは、って話よね」

「それって、そんなに凄《すご》いの、お姉ちゃん？」

まだ幼く、レベルの数値とはあまり関わりのない生活をしていたコニーには、ピンとこない。

「確か、普通の大人がレベル10。冒険者や兵隊だと20。上級の冒険者や隊長クラスともなると30。これが大まかなレベルの目安だったわね」

ベルーチェは人並み以上の知識を持っているが、やはり魔物や兵隊とは無関係な世界に生きてきたので、同じく実感がわかない。

「うん、そのくらいの目安だったと思う……」

リエーも似たり寄ったりの認識だが、能天気な二人に比べて表情が硬い。

その目安が示す意味を考えているからだ。

「でもお姉ちゃん、あの人のレベルって25だったよね。それでレベル30の人を倒せるの？」

「強さにはスキルやアイテムも関係するけど、5つも離れていると無理じゃないかな」

「……つまり彼は、レベルを偽装しているってわけね。わざわざ自分を弱く見せる人なんて聞いたこともないけど、何もかも嘘《うそ》っぽい彼なら、十分ありそうな話だわ」

前代未聞のレシピ作りを任命された三人の奴隷少女には、より良い料理を模索する手段として、高ランクの鑑定アイテムが貸与されていた。

高価なアイテムをぽいっと渡されて驚いたものの、その際に彼女たちが真っ先に鑑定したのは、他ならぬ主人のステイタスであった。しかし、どれほどの異常さが隠されているのか戦々恐々としていたのに、映し出された内容は凡庸《ぼんよう》に毛が生えた程度。

その普通さに疑問を抱いていたのだが、ようやくヒントが見つかった気分であった。

「やっぱり、あの人は嘘つきで悪い大人なんだよ、お姉ちゃんっ。だから絶対に、心を許したり近づいたりしちゃ駄目だからねっ」

「で、でもっ、誰かを傷つけるような嘘じゃないし……」

「世の中には良い嘘もあるわ。それに、私たちのご主人様が強いってのは悪い話じゃないわ。個人的にも強い男は、その、嫌いじゃないし、ね？」

「「………」」

主人を褒める話題は、ベルーチェにとって特別らしい。

いつも冷淡な彼女が、にやにやと含み笑いしているのが、その証拠だ。

このままでは話が進まないと思ったリエーは、具体的に切り出すことにした。

「つまりね、レベル30の人を簡単に倒してしまう旦那様は、とっても強いと思うの。それで思いついたんだけど、もしかして旦那様は、ご自身の力でお金を稼いでいるのかな、って」

「「あっ――」」

ベルーチェとコニーも、ようやく本題を察する。

奴隷少女にとって主人の最大の謎は、料理に対する異常な情熱でも、恋人の有無でもない。

たかが料理のために大金と稀少なアイテムを湯水のように使いまくる、謎の資金源であった。

この件については、休日の雑談などで何度も話題になっていて、「跡目争いから逃げ出した貴族の放浪三男説」や「実家の資金を食い潰す親不孝な豪商の息子説」が有力とされていた。

名家の出らしい気品は微塵《みじん》もないのだが、他に説得力のある説がないのだから仕方ない。

それに、三十を超えた男性とは思えないほどの世間知らずさや粗雑さ、かと思えば妙に博識だったり礼儀正しかったりするチグハグさが、一般人とはかけ離れているように感じられるのだ。

だが、ここにきて新たな説が浮上。まさかまさかの実力説であった。

「……いいえ、それはさすがに無理があるわ。たとえ彼がどんなに強くても、たった一人で稼げる額じゃない。特に、いつも使っている転送アイテムは、上位の魔物を倒さないと手に入らない稀少品。転送アイテム一つとっても、彼が最初に来た時に大広間に裸で並べられた全員を買っても、お釣りが来る代物なのよ」

「ええっ、あのアイテムってそんなに高いんですかっ⁉」

「そうよ。上位の魔物を一人で倒せるのは、冒険者の中でもごく僅か。だからやっぱり、彼は金持ちのボンボンなのよ」

「そうだよお姉ちゃんっ。あの人にそんな甲斐性《かいしょう》があるはずないよっ」

「か、甲斐性は十分すぎるほどあると思うけど。……でも、そうよね、どんな秘密があっても、旦那様であることに変わりはないよねっ」

結局、新たな説は否定された。

実際にチンピラを一蹴した様子を見ていても、強さとは結びつかない。

普段の主人のイメージとは、それほどまでにかけ離れている。

それに、金の出所がどこであっても、主人がやりたいこと、そしてこれから進んでいく道は、同じはずだから。

「「「…………」」」

それでも、ベルーチェ、リエー、コニーの顔には、知らず知らず笑みが浮かんでいた。

あり得ないと分かっていても、主人が料理のため、ひいては自分たちのため、一生懸命に頑張ってお金を稼いでいる姿を想像するのは、悪い気はしない。

たとえ、金持ちの道楽であったとしても――。

主人が、自らの力で稼ぎ、自らの意志で選んだ結果、今この場があるのなら――。

それは、とても、嬉《うれ》しいことだと思うのだ。

明日も頑張ろうと、思えるのだ。

第六十三話　見当違いな不満

奴隷とは、商品である。本人の意思に関係なく、金で売買される。

だからといって、全ての人権が失われるわけではない。

購入し、主人になった者は、奴隷にも健康的な最低限の生活を保障しなければならない。

そう、主人には、奴隷を適切に管理する義務があるのだ。

「それなのに、月に一度の品評会以外は放ったらかしって、どういう了見なのよっ」

「そ、それだけ旦那様から信頼されてるってことだよっ、ベルーチェちゃん」

「それが間違いなのよっ！　主人が奴隷を信用してどうするのよっ」

「そうだよお姉ちゃんっ！　あの人は誰も信じてないんだよっ」

「奴隷だからこそ、仕事をさぼっていないかとか、逃げ出そうとしていないかとか、常に近くで監視していなきゃ駄目なのよっ」

「…………」

三人で雑談に明け暮れる休息日。ベルーチェはこう力説するのだが、リエーからすると「どうして月に一度しか会えないの？」と拗《す》ねているようにしか見えなかった。

リエーとしては、主人に対して負の感情を抱いてはいないのだが、このくらいの距離感でちょうどいいのでは、と感じている。

おそらく、主人もそう思っているのだろう。

自身の目的のため、それに奴隷の事情も汲《く》んで選んだはずなのに、どうしてだか後ろめたさを感じている節がある。

それがまた、ベルーチェを苛《いら》つかせているのだ。

「あの、ベルーチェちゃんって、旦那様のことが、その、男性として、す、好きなの？」

兎《うさぎ》族の姉リエーは、ずっと気になっていたことを思い切って聞いてみた。

兎族の妹コニーは、「それって聞いても大丈夫なヤツなのっ⁉」と驚いた顔をしている。

「……あら、もしかしてそんなふうに見えるの？」

しかしその返事は、姉妹が予想していたものと違い、淡泊なものだった。

「あー、そのー、見ようによっては、そう見えるかもしれないかなーって思っただけでー」

「確かに彼に対しては特別な想いを持たざるを得ないけど、恋や愛とは逆の感情でしょうね」

「そ、それって？」

「はっきりとは言えないのだけど、この感情は怒りに近いわ。私をこんな身体にしたくせに、私自身には興味を示さない。彼にとって私は、料理以下の存在なのよ」

「…………」

「だから、私は復讐《ふくしゅう》するの。私の料理の虜《とりこ》にして、私がいないと生きていけない身体にしてやるのよ。くふっ、くふふっ――」

小さな体を震わせて笑いながら復讐を誓う同僚を見て、リエーは思う。

（それって、逆どころか一周してしまって、ただ気を引きたいだけなんじゃ……）

ベルーチェが主人に向ける形容し難い感情は、リエーにも理解できた。

主人の眼中にあるのは料理だけで、自分が入っていないのは同じだから。

「そっか……」

「お姉ちゃん？　もしかして、ベルーチェさんの話に感心してない？」

「ふえっ!?」

「お姉ちゃんは、ベルーチェさんみたいになっちゃ駄目だからね？」

「さ、さすがにそこまではしないよー？」

「……二人して、私が異常みたいな言い方はやめてちょうだい」

リエーは、必死に手を振りながら、ベルーチェからの抗議を誤魔化している。

「もうっ」

素直じゃないベルーチェと、挙動不審な姉を眺めながら、コニーは嘆息した。

どうしてそんなにも、あんな男を気にするのだろうか。

特殊な理由と条件で買われ、理解が及ばない待遇を受けているせいで、さまざまな感情が複雑に混ざり合ってしまい、本人も納得できていないのかもしれない。

やはり、あの男は危険だ。

これ以上悪化させないためには、近づかないのが一番なのだ。

「あたしがしっかりしないとっ！」

コニーは、手をぎゅっと握りしめ、決意を新たにした。

その後ろで、苦笑いしている二人に気づかぬまま……。

ベルーチェとリエーから見ると、主人に一番振り回されているのは、コニー。

一番気にしているのも、コニー。
今は、負の感情が多くを占めているのかもしれない。
だけど問題は、感情の向きではなく、大きさ。
その強い思い入れが、ふとした拍子で反転しないよう、祈るばかりである。

第六十四話　ノルマ達成のご褒美

「完成、したわね……」

その日、規定数のレシピ――十種類の料理レシピが完成した。

しかも、申し合わせたかのように、三人同時にだ。

三人のうち二人は共同作業なので、大した偶然ではないのだが。

費やした期間は、ちょうど一年間。ゼロから始めたことを考えると、短い期間だといえる。

どれほど才能と環境に恵まれていても、レシピを作る概念さえない世界で見事成し遂げたのは、モチベーションが続いたおかげだろう。

いろいろと問題はあったが、結果的に主人が取った方法は間違ってはいなかったのだ。

「これで、褒美がもらえるんだよね、お姉ちゃん？」

「……うん、そうだね」

主人が自信満々に提示したご褒美とやらは、具体性が全くなかった。

なにしろ、「十種類のレシピに見合う希望なら何でも叶《かな》える」といった説明だったからだ。

そもそも、道具に等しい奴隷が、褒美をもらうこと自体がおこがましいため、主人に詳しく聞くのもはばかられる。

このため三人の奴隷少女は、「見合う希望」について心の内で想像するだけに留《とど》まり、それが本当に「ご褒美」として認められるのかは知らなかった。

「ベルーチェさんは、どんなご褒美をお願いするか、もう決めてるんですか？」

にやにやと含み笑いしているベルーチェに、コニーが問いかける。

「ええ、もちろんよ。私は、生まれた街と奴隷館があった街、そしてこの街しか知らないから、もっといろいろな街を巡って美味《おい》しい料理をたくさん食べたいわ。もちろん、彼と一緒に、ね」

「それはつまり、あの人と一緒に遊びたいってことですよね？」

「そんなんじゃないわ。料理に対する見識を深めるために不可欠なのよ。だけど初めての街は危険だから、彼に同行してもらうだけ。決して個人的に楽しもうとしているわけじゃないわ」

「でもそれって、料理を研究したいからって説明すれば、いつでも連れてってくれるんじゃないですか？」

「……え？」

「ベルーチェちゃん、わたしもそう思うよ。旦那様にとって一番大切なのは料理だから、その料理の向上に繋《つな》がるのなら、ご褒美じゃなくても叶《かな》えてくれるはずだよ」

「そ、その通りだわ……。こんなことにも気づけないなんて、やっぱり私は馬鹿っ。ご褒美がもらえる日をずっと楽しみにしてきたのに、本当に馬鹿みたいっ」

「やっぱり、あの人と遊びたいだけなんですね……」

コニーの呟《つぶや》きは、長い黒髪を振り乱して自責するベルーチェには、幸いにも聞こえなかった。

「ま、まあ、どのみち街巡りはできそうだから、私のご褒美についてはいいでしょう。それで、あなたたち姉妹のご褒美は、もう決まっているの？」

「……まだ決まってないよ、ベルーチェちゃん。今まで仕事のことで精いっぱいだったから」

「あら、考えるまでもないと思っていたのだけど？　姉のリエーはともかく、妹のコニーはずっと奴隷から解放されたいと願っていたのでしょう？」

「ええっ⁉　ご褒美って、奴隷からの解放もできるんですかっ⁉」

「大丈夫だと思うわ。気前が良すぎる彼が『何でも叶える』って断言したのだから、奴隷からの解放も当然含まれるわよ」

「で、でもっ、今までたくさんのお金と時間を使ってきたあたしたちを手放すのは、あの人でもさすがに大損だって嫌がるんじゃ……」

「お金はともかく、レシピ作りの能力については惜しむかもしれないわね。……だったら、直接本人に聞いてきましょう」


「――ああ、もちろん奴隷からの解放もありだぞ」

ベルーチェが自身の使い魔に話しかけると、あっさり答えが返ってきた。

三人の奴隷少女には、魔法で創られた使い魔がそれぞれに与えられており、護衛やお使いだけでなく、主人との連絡係も担《にな》っている。

連絡専用の既存アイテムがあるのだが、主人は指輪型アイテムを軽率に譲渡した苦い経験を持つため、付与紙で創った使い魔に通信機能も追加しているのだ。

「俺からすれば、そんな質問が出ることが驚きだ。望まず奴隷になった者としては、むしろこれ以外の望みなんてないと思っていたからな」

姿を見せず声だけで応対する主人は、呆《あき》れたように言ってのけた。

「……でも、解放すると、レシピを作る子がいなくなるから、その、困るでしょう？」

「それはもちろん残念だが、レシピ作りのモチベーションを保つためには、仕方のないことだ。素晴らしい成果には、相応の対価で応える必要があるのさ」

「「「…………」」」

「それに、君たちで培《つちか》ったノウハウと実際に完成したレシピがあれば、同じ業務を継続させるのはそう難しくないはずだ」

「……私たちが奴隷から解放され、この家から出ていったら、また新しい奴隷を買って同じことを繰り返すつもりなのね」

「まあ、そうなるだろうな。料理のレシピは多い方がいいし」

「「「…………」」」

「ただ、やはり入れ替えすると効率が悪くなるだろうから、別の褒美を提案して、レシピ作りの継続を検討してもらうつもりだぞ」

「……参考までに、どんなご褒美か聞かせてちょうだい？」

「それはもちろん金だ。レシピ一つに対して金貨十枚、要するに一人当たり十種類のレシピ分として金貨百枚を支払おう。奴隷から解放されても先立つものがなければ困るだろうから、まずは資金を蓄えることを推奨する。俺が言うのもなんだが、悪くない話だと思うぞ？」

「……つまり、十種類のレシピを完成させる度に、何度でもご褒美がもらえる仕組みなのね」

「そうそう、その通りっ。……あれ、もしかしてこれも言ってなかったかな？」

「そうね、初耳だわ」

「それは申し訳ない。まあ、そんなわけで、褒美の種類は三つ。奴隷からの解放か、金貨百枚か、それとも金貨百枚相当の別の願いか、だ。どれを選ぶかは自由だから、じっくり考えてくれ」

「……理解したわ。決まったら、また連絡するわね」

「うむ、今後もますますのご活躍に期待しているぞ。全ては素晴らしい料理ライフのために！」

顔が見えずとも、うざったい主人との通話が終わる。

「「「………」」」

ご褒美の子細について、ようやく把握した三人は、うなだれるように黙り込むのであった。


「――はぁ。一年間の付き合いで慣れたつもりだったけど、とんでもない人ね」

最初に沈黙を破ったのは、ベルーチェ。

怒っているような、諦めているような、それでいて少し嬉《うれ》しいような表情をしている。

「やっぱり、彼にとって私たちは、使い捨ての道具にすぎないのね」

「……あの、他にもっと驚くところがあると思うんですが？」

深刻な表情で当たり前のことを言い出したベルーチェに、コニーが反論する。

「私にとっては、それが一番の問題なのだけど、ね。……でも、そうね、何度でもご褒美をもらえるのなら、彼が勧めるようにお金を貯めてから解放を選ぶ方が賢いでしょうね」

「それ以前に、料理の作り方を書いた紙一つに、金貨十枚も出そうとする狂った金銭感覚にこそ驚くべきだと思いますよ……」

「物の価値なんて、人それぞれ。特に彼は、足手まといでしかなかった私の価値を簡単に逆転させるような人だから、驚くのも今更ね」

「…………」

「ここは素直に、私たちの頑張りが評価されたのだと喜ぶべきでしょうね」

「…………」

「それで、あなたたち姉妹はどうするの？　しばらくレシピ作りを続けて、お金を貯めてから解放されるの？　それとも、路頭に迷うのを承知で今すぐ解放される道を選ぶの？」

「そ、それは……」

主人の魔の手から姉を守ることばかり考えていたコニーも、さすがに躊躇《ちゅうちょ》してしまう。

十種類のレシピを完成させるのに一年を費やしたとはいえ、その報酬が金貨百枚であれば、釣り合いがとれる。

いや、釣り合うどころか、技能を持つ大人の平均年収が同程度なのだから、十代前半の少女としては、破格。

しかも、衣食住は全て無料で、レシピ作りも次からはもっと早くできるはず。

手慣れてしまえば、高給取りの商人にさえ負けない稼ぎとなるだろう。

……そもそも、奴隷が報奨金を得ること自体が異常なのだが、それを気にしない程度には、全員が毒されていた。

「ねえっ、お姉ちゃんはどうするのがいいと思う？」

「あっ、その、わたしは……」

「ここから出た後の生活のためには、金貨百枚はすっごく欲しいけど、お姉ちゃんをこんな危険な所にいつまでも置いておくわけにもいかないし」

「……………」

「あっ、そうだっ。お姉ちゃんだけ先に解放してもらって、あたしが残る代わりに金貨百枚を受け取って、そのお金でお姉ちゃんだけ別の所で暮らせば、全部解決するよっ！」

コニーは、これ以上ない良案を思いついたとばかりに、飛び跳ねながら姉に賛同を求める。

その赤く大きな目は、姉が快諾すると信じて疑わない。

「ごめんね、コニー。それは、できないんだよ……」

だけど、リエーは、首を横に振って、きっぱりと否定した。

「えっ、どうして駄目なのっ？」

「だって、わたしのご褒美は、もう残っていないから」

「ど、どういうことなの、お姉ちゃんっ⁉」

「わたしのご褒美――お願いは、旦那様に買ってもらう時に、使っちゃったから……」

「そんなっ――」

姉にそこまで言わせて、妹はようやく察した。

変態主人から姉を守ろうと頭はいっぱいですっかり忘れていたが、そもそもこの身は姉のおまけとして買われたのだ。

――姉妹が一緒にいること。

無理を言って、その願いを前借りしてしまった姉には、もうご褒美をもらう資格がない。

ダシにされた妹の願いは、叶《かな》えられるというのに。

「ごめんね、ごめんねお姉ちゃんっ。やっぱりあたしは、ここに来たら駄目だったんだね……」

「ううん、違うよ、わたしがコニーと一緒にいたくて、わがままを言っただけだから……」

兎《うさぎ》族の姉妹は、抱き合って涙を流す。

赤い瞳から流れ落ちる雫《しずく》は、とても綺麗《きれい》だった。

この場に全ての元凶である主人がいたら、こう言っただろう。

——ああ、仲良きことは、美しきかな。

「あの、盛り上がっているところに、悪いのだけど」

悲劇の輪から一人外されたベルーチェは、気まずそうに声を掛けた。

「いいんですっ、ベルーチェさんっ。これがお姉ちゃんとあたしの運命なんですっ。だから、ベルーチェさんは気にせず、自分の願いを叶《かな》えてくださいっ！」

「その心遣いは嬉《うれ》しいけど、あなたたち姉妹も悲観しなくていいと思うわよ」

「「……？」」

「だってリエーが言うように、先にご褒美をもらっていたとしても、それはあくまで一回分の話でしょう？　だから今回は無理でも、次のご褒美でなら、奴隷から解放してもらえるはずよ」

「「えっ？」」

「それに、どうしても今すぐ解放されたいのなら、コニーのご褒美を使って、リエーを解放させればいいだけでしょう」

「「ええっ⁉」」

重苦しい雰囲気を嘲笑《あざわら》うかのような話だったが、言われてみればその通り。十種類のレシピを完成させるたびにご褒美をもらえるのだから、根気と命が続く限り、願いは叶え放題なのだ。

「「――――」」

そのことにようやく気づいた姉妹は、顔を赤らめて仲良く俯《うつむ》いた。

「でっ、でも本当に、そんな都合の良いご褒美が許されるんでしょうかっ？」

「許すも何も、彼が勝手に決めて、勝手に守ろうとしている約束だわ。それが料理のためだと彼が信じている限り、本当にどんなご褒美でも叶ってしまうのでしょうね」

「……今更ですけど、あの人って、本当に無茶苦茶な人なんですね」

「くふふっ、本当に今更ね」

主人の話をする時、いつも嫌そうな顔をしていたコニーが、初めて違う表情を見せた。言うほど極悪非道な主人ではないのだと、ようやく認めはじめたのだろう。

「そもそもの話、コニーはいつも警戒していたようだけど、肝心のリエー自身はこの一年間で、彼から迫られた経験があるの？」

「あっ、そういえば一度もないっ⁉」

迫るどころか、主人は指一本触れようとさえしない。

まるで、腫れ物を扱っているみたいに……。

コニー以上に、主人をいつも見ているベルーチェにも、それはよく分かっていた。

「彼は最初っから、手を出すつもりなんてなかったと思うわよ」

「でっ、でも、奴隷館であたしと初めて会った時に、レシピが上手くできなかったら、お姉ちゃんを襲うみたいなことを言っていて……」

「きっと、からかわれたのよ。彼がいつも言っているように、レシピ作りに対するやる気を出させるために、あえて誤解するように仕向けたのよ」

「そ、そんなっ」

「酷《ひど》い男だとは思うけど、そうでもしないと意地っ張りなコニーは一緒に来なかったかもしれないし、実際にここまで頑張ってこられたのも確か。……私も、コニーと一緒でなければ落ちこぼれていただろうから、結果的にすっごく助かっているわ」

「ベルーチェさんっ……」

「確かにご主人様は、常識外れで、デリカシーもなくて、女より料理を大事にする朴念仁《ぼくねんじん》だけど、そんな彼でなければ、私たち三人は一緒にいられなかったし、こんな馬鹿馬鹿しくて贅沢《ぜいたく》な悩みに振り回されることもなかったでしょう」

「…………」

「…………」

「もう一度、よく考えましょう。私たちの望みが何であるのか。……そして、私たちのご主人様の望みが何であるのかを、ね」

◇　◇　◇

悩んだ末、奴隷少女たちが選んだご褒美は——。

三人が三人とも、金貨百枚であった。

ベルーチェは散々思案したが、考えすぎて上手くまとまらず、次回に持ち越し。

兎族《うさぎ》の姉妹も、先立つ物がなければどうしようもないとして、奴隷からの解放については次回まで検討。

いろいろと理由を付けているものの、結局のところは、現状維持を選んだのである。

第六十五話　スペシャルレシピ

知識と技術が備わり、共同作業を行っていたベルーチェとコニーも個々でレシピを作成できるようになってきた頃、一つの問題が発生した。

「もうっ、どうして上手くいかないのよっ」

ベルーチェだけ、レシピの完成速度が落ちたのだ。

天才肌で気分屋な彼女にムラがあるのは仕方ないが、いつも以上に調子が出ない様子。

話に聞くスランプというものだろうか、と心配するリエーが声を掛けようとしたのだが……。

「放っておいていいよ、お姉ちゃん。ベルーチェさんの調子が悪いのは、本人のせいだから」

妹のコニーから溜息《ためいき》交じりに止められてしまった。

「自分のせいって、どういう意味なの、コニー？」

「だってベルーチェさんは、難しいと分かってるレシピをあえて作ろうとしてるんだから、時間がかかって当然だよ」

多様な知識と技術と材料を要するレシピ作りは、少し慣れたとはいえ一筋縄ではいかない。

だから少女たちは、シンプルで理解しやすい料理を優先的に選択することで数を稼いできた。

それなのにベルーチェは、命令されてもいないのに自ら進んで茨《いばら》の道を選び、再現が難しい料理に挑戦していた。

主人から課せられたレシピ作りに、難易度の評価項目はない。

数だけしか評価されないのだから、複雑な料理に時間を使うのはそれこそ時間の無駄。

「あっ、もしかしてベルーチェちゃんは……」

「そうだよ、お姉ちゃん。ベルーチェさんはスペシャルレシピを作ろうとしてるんだよ」

スペシャルレシピとは、三人の奴隷少女が勝手に決めた名称だ。

彼女たちの主人は、レシピに優劣をつけないのだが、明らかに異なる反応を示す場合がある。

主人は明言していないが、ずっと反応を窺《うかが》ってきた少女たちにとっては明白。

無作為に選んだレシピの中で、とりわけ主人が喜ぶ料理。

それが、スペシャルレシピ。簡単に言うと、主人が好物とする料理のレシピ、である。

「そっか、スペシャルレシピが完成すると、すっごく喜んだ旦那様がいっぱい褒めてくれるよね」

「あたしにとっては鬱陶《うっとう》しいだけなのに、きっとベルーチェさんは違うんだよ」

無駄口が多いくせにあまり感情を顕《あら》わにしない主人だが、料理に関しては感情的になる。

懐《ふところ》からお手本となる料理を取り出す時、その料理について説明する時、そして食べている時の表情を観察していれば、好き嫌いが丸分かり。基本的に肉料理を好み、野菜料理を嫌う。

しかし、比較的味が安定する肉料理の中では、逆にスペシャルレシピに該当する品が少なく、それ以外の癖の強い料理で多い傾向にある。

ベルーチェは、そんなスペシャルレシピの一つに狙いを定めて作ろうとしているのだ。

「この前、わたしが作った料理が偶然スペシャルレシピだった時、ベルーチェちゃんがすっごく羨ましそうにしてたよね」

「お姉ちゃんがあの人から褒められるのを、すっごく恨めしそうに見ていたんだよ」

ベルーチェがスペシャルレシピにこだわる理由は、追及するまでもないだろう。

主人に対し、奴隷少女が主導権を握ることができるのは、料理だけなのだから。

「ちょっと、好き勝手に想像するのはやめてちょうだい。私はただ、私自身が気に入った料理のレシピを作っているだけよ」

「ベルーチェちゃんって、素直なのか素直じゃないのか、よく分からないよね」

「そうだよっ、面倒くさいところがあの人とそっくりだよ」

「……それは本当に嫌だから、やめてちょうだい」

どうせ作るのであれば、より喜んでくれるものを選ぶのは特別な心理ではない。

相手が嬉《うれ》しいと、つられて自分まで嬉しくなる。ただ、それだけ。

「くふふっ――」

スペシャルレシピを披露する瞬間を想像し、ベルーチェは無意識にほくそ笑んでいた。

完成せずとも、試行錯誤している段階でもう、十分嬉しそうに見える。

成功したその先に幸せがあるのではなく、目指している過程こそが幸せ。

……とは、誰の言葉であったか。

「「…………」」

期待に胸を膨らませるベルーチェを見た兎《うさぎ》族の姉妹は、恋する乙女って大変だなー、と他人事《ひとごと》のように思うのであった。

第六十六話　姉に必要なたった一つのこと

とある夜。

　年下のコニーが珍しく一人で早く寝ついたので、年長組の二人が応接間で会話していた。

「あっ、そうだわ、リエーに改めて聞きたいことがあったのよ」

「な、なにかな、ベルーチェちゃん？」

「規定数のレシピが完成して、彼からどんなご褒美をもらいたいのか相談した時の話よ」

「えっ……」

「あの時はあえて聞かなかったのだけど、私から指摘されるまでもなく、リエーも二回目のご褒美を使えば奴隷の身分から解放されるって、気づいていたわよね？」

「えっ、ええー、それはー」

「リエーは誤魔化そうとすると、間延びした喋《しゃべ》り方になるのよね」

「そ、そんなことはー」

　ベルーチェが問い詰める、リエーが誤魔化そうとしている理由。

　兎族の姉が、最愛の妹に嘘《うそ》をついてまで、奴隷で居続けようとしている理由。

「本当に酷《ひど》いご主人様だわ。こんなにも健気《けなげ》に尽くそうとしている女を、簡単に手放そうとするなんて、ね」

「それって、ベルーチェちゃん自身のことなんじゃ――」

「それ以上誤魔化そうとしたら、コニーに告げ口するわよ」

「ごっ、ごめんなさいっ、もう余計なことは言わないからっ」

二人は同い年で、身体の成長具合はリエーの方が上だが、ベルーチェは三人姉妹の長女のように振る舞っている。

もっとも、リエーは、手の掛かる妹がもう一人増えたと思っていそうだが。

「……ベルーチェちゃん、わたしはただ、旦那様に恩返しをしたいだけなんだよ」

観念したかのように、リエーは語り出した。

「奴隷館に閉じ込められていた時、わたしはどうやったらコニーを守れるのか、それだけをずっと考えていたんだよ。一度奴隷になったからには、もう普通の生活には戻れない。だから考えるも何も、選ぶ道さえ残されていない。……それでも、男の人に好き勝手されたあげくに殺されるような終わり方にならないよう、毎日毎日ずーっと考えていたよ」

「それが、彼を選んだ理由なのね？」

「うん、そうだよ。初めてお話しした時、旦那様は、わたし自身には興味を持っていないように見えたんだよ。そう、わたしなんかより料理の方がずっと大事だって伝わってきたの。だから、この人なら、少なくとも無闇に暴力を振るったりはしないだろうって思ったから、コニーと一緒に買ってくれるようにお願いしたんだよ」

「でも、女としての魅力を否定され、料理を作るためだけの道具として扱われるのも、大概だと思うわよ？」

「わたしたちはもう奴隷という商品になったんだから、それは当たり前なんだよ。どれだけ物扱いされても、壊されなければ生きていけるはずだから」

「………」

「きっと旦那様は、飽きたら、売ったり壊したりしないで、ただ捨てちゃうと思うから」

「――っ」

微笑《ほほえ》みながら告げられたその言葉に、強い覚悟で中年男の奴隷になったはずのベルーチェでさえも、息を飲んでしまう。

つまりリエーは、いつか主人に捨てられるという前提で、買われることを選んだ、と。

「十種類のレシピを完成させるたびに、何度でもご褒美をもらえることも。そのご褒美の中に、奴隷からの解放が含まれていることも。きっと、そのため――」

「………」

それは、ベルーチェも分かっていた。

奴隷に選択肢を与える形で、全てをなかったことにする逃げ道を残しているのだと。

「……リエーって、妹の前では甘い顔ばかりしているけど、本当はとっても強《したた》かなのね」

「そ、そんなことないよー。わたしにはなんの力もないから、コニーと一緒にいることしかできないんだよー」

「そうだとしても、リエーの選択が今のこの状況を作ったのは間違いないわ。先の先までは分からないとしても、姉として妹を守る役目は立派に果たせていると思うわよ」

「ううん、それも全部、旦那様が気に掛けてくれているおかげだよ。最初に思ったように、旦那様は料理ばかり見ているけど、こうして普通以上に穏やかに暮らせる場所まで用意してくれた。

それも料理のためなんだろうけど、でも、きっと、それだけじゃないと思う」

「……それについては、疑問を感じるわね。やっぱり彼にとっては、料理以外はどうでもよくてただのついでで、たまたまそうなっているだけかもしれないわよ？」

「旦那様が本当に料理以外は無関心だったら、コニーもあそこまで過剰に反応しないと思うの。あんなにも怒ったり慌てたりするコニーは、奴隷になる前も見たことなかったんだよ。だから、やっぱり、旦那様のおかげなんだよ」

「まあ確かに、彼は、コニーに意地悪する時だけは妙に生き生きしているわよね……」

「大丈夫だよっ、ベルーチェちゃんがぐいぐい言い寄ってる時も、旦那様はちゃんと感情的になって、戸惑った顔をしてるからっ」

「……何が大丈夫なのかさっぱりだけど、でも、そうね、ほんの少しは私たちにも気を向けているのかもしれないわね」

ここで一旦、話を中断し、二人は顔を見合わせて笑った。

立場も目的も違うと思っていたが、実は似た者同士だったのかもしれない。

「ベルーチェちゃん、だからわたしは旦那様のために料理を作り続けることで、恩返しをしたいと思っているの。せめて、あの人がわたしたちの料理を必要としなくなるその日までは――」

「……本当の本当に酷《ひど》いご主人様だわ。全てを理解した上で、それでも健気《けなげ》に尽くそうとしている女に気づきもしないなんて、ね？」

「それもきっと、旦那様の良いところだよ」

「まったく、私もリエーも厄介な男に囚《とら》われてしまったものね」

「あっ、あー、それについてはどうかなー、って思うけどー」

「くふっ」

二人は、もう一度笑い合った。

「——そういえば、さっきの『健気に尽くそうとしている女』には、ベルーチェちゃんも入っているよね？」

「さあ、どうかしら。もしかしたら、誰かさんの大切な妹も入っているかもしれないわよ？」

「そ、それはさすがにー」

「今はそうかもしれないけど、先のことは分からないわ。意固地な子が何かのきっかけで引っ繰り返ってしまったら、反動が凄《すご》いでしょうから、ね」

「それって、ベルーチェちゃんの体験談だよね？」

「……あなたって、本当にいい性格をしているわね」

子供が寝静まった夜、少しだけ大人な少女たちの内緒話は、続く。

第六十七話　ご主人様の役割

料理のレシピ作りは、すこぶる順調である。

言い出しっぺの俺の役割は、有能な従業員を揃《そろ》えて快適な職場環境を整えた時点で、ほぼ完了している。

後はただ、月に一度の品評会に顔を出し、試食して合否を判断するだけ。

品評会以外にも呼び出されて買い物に付き合わされたり、名物料理を探す旅に同行させられたりしているが、これもレシピ作りに欠かせない歯車の一つ。

成否の全ては、三人の少女の腕にかかっているのだ。

だから決して、小さなレディのご機嫌を損ねてはいけないのである。

◇　◇　◇

「うーん、一つめの料理は、まだ完成していない気がするなぁ。味にまとまりがないっていうか、舌触りにまだ改善の余地があるっていうか。それに比べ、二つめの料理は、もう十分に仕上がっているだろう。とってもジューシーでワンダフルな出来栄えだ」

本日は、品評会の日。レシピ作りの拠点へと出向き、ベルーチェ、リエー、コニーの三人娘が用意した料理に手を伸ばし、口に入れ、咀嚼《そしゃく》して、その口で偉そうに感想を述べる。

料理評論家になったようで気持ちいい。

究極の料理を上から目線で酷評し、鼻で笑う大先生のお気持ちがよーく分かる。

「ちょっと！　個人的な好き嫌いで評価しないでと何度も言っているでしょうっ。どう考えても、二つめの肉料理より、一つめの野菜料理の方が出来が良いじゃないっ！」

「だ、旦那様、野菜も残さず食べないと、お体に悪いと思いますっ」

「デカい図体して野菜嫌いだなんて、こんな大人になっちゃ駄目だよね、お姉ちゃん」

料理スキルと根性との相乗効果で、少女たちは短い期間で見違えるほど成長した。

もはや、腕前や知識だけでなく、味覚も敵《かな》わない。

料理評論家のように、鋭い味蕾《みらい》と己《おのれ》の意見を押し通す強い精神力が欲しい。

「いやいや、好き嫌いを言うのは駄目ってのは正論かもしれないが、食べる相手が人である以上避けて通れない問題だと思うぞ。どんなに凄《すご》い料理人が作った料理でも、審査員にとって苦手な食材だったら、素人《しろうと》にも負けてしまう。そんな苦手意識を払拭させてこそ、本物の料理と言えるのだよ！」

「今更レシピ作りの根底を覆すような発言は、やめてちょうだい。大見得を切って大層な準備までしておいて、当の本人が子どものように好き嫌いを言って味の良さを判別できないとか、笑えない冗談だわ」

「旦那様は、わたしの作った野菜料理はお嫌いですか？」

「お姉ちゃんを悲しませるなんて、絶対に許さないからっ。ちゃんと全部食べてよねっ」

おかしい。何かがおかしい。どうして評価する側が怒られるのだろうか。

これはもう、料理の品評会ではない。稼ぎが悪いくせにグルメを気取る駄目オヤジが家族から責められている様子が、こんな感じだろう。

……まあ、これも一つの家族団らんだと思えば、悪くない。

プラス思考だけが、俺の心の支えである。

「ふむ、どうやら今日は体調が優れないから、味覚も鈍っているのかもしれないな」

「それは女性の身体の特徴でしょう。本当に体調が悪いのなら、いつも無駄遣いしている回復薬を飲めばいいじゃない」

「この野菜たっぷりな料理を食べれば元気になりますよ、旦那様」

「残さず食べきるまで、帰さないからねっ」

どうやら本日も、やたらと多い料理に阻《はば》まれ、自宅に帰れないらしい。

酒も次々とお酌《しゃく》されるから、ついつい長居してしまい、結局泊まる羽目になってしまう。

きっと、過食とアル中でじわじわと殺害する作戦なのだ。

罪のない少女を金で買って好きでもない仕事を強要しているのだから、嫌われて当然だろう。


「だんなさまぁ～、これもたべてください～」

「おねえちゃん～、だめないもうとでごめんね～」

兎《うさぎ》は夜行性のはずなのに、兎族姉妹の活動時間は短い。

真夜中になる前にウトウトしだして、しばらくするとテーブルに伏せて眠ってしまう。

そんなに夜が苦手なら、無理して長時間のディナーに付き合わなくてもいいのに。

「わたしのなにがきにいらないのよぉ～」

ベル子はもう少し長く起きているが、やはり日付が変わる頃には寝てしまう。

俺に合わせて酒を飲んでいるからだろう。

未成年が飲酒していたら注意すべきだろうが、酒は料理の必需品だし、そもそもこの世界では年齢制限されていない。

だからといって、酒に強いわけでもない。背伸びしたいお年頃なのだろう。

「さて、と……」

品評会という名の宴会が終わり、三人の少女が寝落ちした後。

俺には、最後の仕事が残されている。

料理作りに風邪は御法度《ごはっと》なので、潰れてテーブルに伏している少女たちを自室のベッドまで運ばなくてはならない。

「よっこらせ、と」

「いくら腕力があっても、片手に一人ずつだと持ちにくいよな」

右腕で姉のリエー、左腕で妹のコニーを抱え、二人の寝室を目指す。

一人ずつ運ぼうとすると、妹ちゃんが目を覚まして騒ぎ出すから、二人一緒に運ぶしかない。

姉を想う妹の第六感は恐ろしい。

「はいはい、ちゃんとベッドの中で眠りなさい」

二人をベッドに下ろすと、妹が寝返りを打って姉に抱きつく。

妹は嬉《うれ》しそうにしているが、両腕で腰をぎゅっと締められた姉は苦しそうだ。

「おやすみ。いい夢を」

最後に運ぶのは、ダウナーに始まりメンヘラを経てオカン系女子へ最終進化した少女。

長い黒髪がテーブルの上に散乱し、まるで幽霊みたいだ。

「相変わらず、小さいな」

性格はずいぶん変わったようだが、身長に変化は見られない。

二つ年下のコニーと同じくらいのままだ。

「あーあ、こんなに服と髪を汚しちゃって」

面接した時と同じように、お姫様だっこで運ぶ。

ちゃんと抱きかかえないと、長い髪と一緒に両腕もぷらぷら垂れ下がるから、死体を抱えているようで怖い。

「はいはい、麗《うるわ》しのお姫様、ベッドに到着しましたよー」

そう言ってベッドに乗せると、寝たまま表情を緩ませる。

言葉が分からないのに「可愛いでちゅねー」と言われて喜ぶ赤ん坊みたいだ。

「おやすみ。いい夢を」


これで、俺の役割は完了。

転送アイテムを使えば今からでもオクサードの街に帰れるのだが、それも無粋《ぶすい》な気がするので、応接間のソファーに寝転がって、天井を眺める。

「………」

硬いソファーの上ではろくに眠れないが、感傷にふけるにはちょうどいい。

まあ、大して考えることなんてないけどな。

「………」

カーテンが閉じられていない窓から、月明かりが差している。

絨毯《じゅうたん》の上に落ちた、窓枠の四角い影を見ていると、牢屋《ろうや》に閉じ込められた気分になる。

「……ここから脱獄して、必ずお前を迎えにいくからなっ！」

拳を握りしめて囚人《しゅうじん》ごっこを楽しんでいると、廊下の床が軋《きし》む音が聞こえてくる。

いつもの幽霊がお出ましだ。

足はちゃんと付いているけど。

「――――」

わざわざドアを開け、部屋に入ってきた幽霊は、ソファーの上で仰向けになっている俺の横に立ち、何も言わず見下ろしてくる。

黒くて長い髪と、白い寝間着。柳の下に立つ本物の幽霊みたいだ。

その手に包丁が握られていないのを確認し、ほっと息をつく。

「また眠れないのか、お姫様？」

「………」

月明かりの逆光で表情がよく見えないが、俺がまだ起きていることがご不満らしい。

残念だったな、究極で至高の料理を食べるまでは殺されてやらんぞ。

「…………」

やがて根負けしたようにうなだれた彼女は、ソファーに上がり込んで、俺の隣に寝転ぶ。

背を向けているので顔は見えないが、まだ怒っているらしい。

だったらなぜ、自分のベッドに戻らないのだろうか。

「…………」

こうして俺の横に並ぶと、彼女の小さな身体が浮き彫りになる。

いつも怒られてばかりなので忘れがちだが、まだ十代半ばの子供。

気丈な彼女も、誰でもいいから傍《そば》にいてほしい夜があるのだろう。

「…………」

隣に視線を向けると、そこには黒くて美しい髪が――。

髪フェチの俺にとって、手を伸ばさない選択はありえない。

指先に長い髪を絡めてみたり。枝毛を見つけてケアしてみたり。

つむじを押してみたり。

えいえい！

「――――っ」

こうして、夜は更けていき……。

翌朝、日が差し込むと同時に、幽霊は起き上がり。

顔を真っ赤にさせて、部屋から飛び出していく。

「つむじを押したから、もよおしたのかな？」

これに懲りたら、君も早く独りの夜に慣れるといい。

寂しさも、案外楽しめるからさ。

第六十八話　病は気から

料理のレシピ作りを任命された三人の少女。

ユニット名を付けるとしたら、レシピ作り隊、だろうか。

彼女たちと顔を合わせるのは月に一度の品評会が基本で、これ以外は自主性に任せている。

会う頻度が高いと面倒だとか、十代半ばの多感な少女との話題がないとか、どうせ会話しても怒られるだけとか、そんな情けない理由ではない。

俺は、レシピ作り隊が料理へ向ける情熱を信じているのだ。

ただ、予想外の事態はどうしても起こってしまう。

このため、緊急用の連絡係兼護衛係として、付与紙で創った使い魔を全員に貸与している。

あくまで緊急用だから、そうそう連絡が入ることはない。割と頻繁にどうでもいい理由で呼び出されている気もするが、きっと気のせい。うん、そうであってほしい。

しかし、その日の緊急コールは、本当に重要だった。

妹に甘いけど結構肝が据わっているリエーの慌てた様子が伝わってくる。

とにかく、現地に行って詳しく聞いてみよう。


「旦那様、急に呼び出して申し訳ありません。実は、その、ベルーチェちゃんが病気で……」

どんなトラブルかと思えば、割と普通の理由だった。

いやまあ、病気は大変だけど、アイテムを使えば一発で治るから危機感が薄いのだ。

「それで、どんな病気なんだ？　風邪か？　インフルエンザか？　結核か？」

「いえ、その、身体の方よりも、心の方が危険みたいで……」

どうやら肉体的な病気ではないらしい。メンタルヘルスは病気回復薬では治らないし、この世界には精神科医もいないだろうから、確かに困った事態だ。

そもそも、原因はなんだろう。やはり、責任重大な仕事に対するプレッシャーだろうか。

ベル子は大人びているが、その実、繊細そうだし。

「仕事に行き詰まっていたり苦痛に感じているのなら、回復するまで休んでもらって構わないぞ。なんだったら、人里から離れた落ち着ける休養地を用意しようか？」

「いいえ、旦那様。ベルーチェちゃんはこのお仕事が大好きなので、そこは大丈夫です」

それもどうかと思うのだが。社畜化は立派な病気だぞ。

さておき、本当の原因は何だろう？

「実は、その、ここに住むようになって、朝昼晩しっかり食べるようになって……」

ふむふむ、健康的でいいじゃないか。

「しかも、レシピ作りの合間に試食したり、休日は旦那様にいただいたお菓子を食べたり……」

それも料理のレシピ作りの仕事としては、普通だと思うが。

「それにベルーチェちゃんは、奴隷になる前は親からしっかり管理されていたみたいで、奴隷になった後も食欲が湧かなかったらしく、今まで気づかなかったみたいなんです……」

んん？　ここまで聞いてもまだ要領を得ないのだが？

「ベルーチェちゃん自身が、その、太りやすい体質だってことに」

「……………」

最後の一文で、理解した。さすがの俺も理解しちゃった。でも――。

「それは本当にベルーチェの話なのか？　コニーじゃなくて？」

「どうしてあたしの名前が出るのよっ⁉」

いや、だって、ずっと姉の後ろに隠れているし。

深窓の令嬢っぽいベル子より、村娘っぽいコニーの方がふっくらした姿が似合いそうだし。

「うーーーっ」

めんごめんご、子供とはいえ女性にはタブーな話題だったな。

ほらほら、飴《あめ》ちゃんやるから出ておいで？

「そうやってお菓子ばかり渡すから、ベルーチェさんが食べすぎちゃうんだよっ」

もっともな意見で怒られた。やっぱり今日も怒られた。

ちゃっかり飴を奪っていなければ、もっと格好が付いたのに。

でもそうか、病気の原因は俺だったのか。年齢の割に小柄なので、せっかくならと栄養価が高いお菓子を渡すようにしていたのが裏目に出てしまったようだ。

子育てした経験がないから、その辺の案配が分かんないんだよなぁ。

「太るといっても少しずつなので、わたしもコニーも、ベルーチェちゃん本人も気づいてなかったんです。でも、ご近所の男の子から『真っ黒髪のデブ女っ！』ってからかわれて、自覚しちゃったんです」

「あの男の子はベルーチェさんが好きなんだよっ。だからいっつも意地悪するんだよっ」

気になる女の子の気を引くために悪口を言うなんて、まだまだお子様だな。

まったく、心に余裕がある大人な俺を見習ってくれ。

「それで、昨日から寝込んでいるのか」

「はい、最初はショックで布団に潜っていたんですが、実際に熱まで出てきたようで……」

十代半ばの乙女に「デブ」はキツい。特にこの世界では太っている者は極端に少ないし。

自由の国アメリカにでも生まれていれば、堂々と腹肉を揺らして街を闊歩《かっぽ》できるのに。

「なるほどなるほど。しかしそういった事情なら、俺は出しゃばらない方がいいんじゃないか？

おっさんとはいえ俺も一応男だから、悪い方に刺激してしまう恐れがあると思うぞ？」

肉体の病気以上に安静にして、自己回復に任せた方がいい気がする。

乙女心は、数学よりも難解で、障子《しょうじ》よりも破けやすいそうだし。

「本人に任せておくと、治るまで長い時間がかかると思うんです。ベルーチェちゃんは、その、
思い込みが激しいところがあるので……」

うん、それは納得できる。

「でも、旦那様から看病されれば、すぐ元気になると思うんですっ」

うん、それは納得できないのだが？

「うーむ、確かに俺はウィットに富んだナイスガイな紳士だと評判だが、さすがに年が離れた少
女とは話が合わないと思うぞ？」

「そんなことありませんっ。旦那様が言えば、ベルーチェちゃんは必ず信じますからっ」

「そうだよっ、ベルーチェさんに『太ってなんかないよ。すっごく可愛いよ』って言うだけでいいんだよっ」

なるほど、少女に甘言《かんげん》を弄《ろう》するだけの簡単なお仕事だな。

俺を無駄に信頼しているリエーばかりでなく、俺を信頼していないコニーまで断言するのだから、間違いないのだろう。

よかろう、効果の程は保証できないが、少女に優しくするのは紳士の務め。

立派に果たしてみせようぞ。似非《えせ》紳士だけどな！

「……無様《ぶざま》な私を笑いにきたの？」

ベッドの中で療養中のベル子は、出会った当時のダウナー系に戻っていた。

布団を少しだけめくって指先と顔の半分だけを出し、じっとりした目で俺を睨《にら》んでいる。

購入後はアグレッシブな彼女に振り回されていたので、本人には悪いがこっちの方が落ち着く。

漫画好きなおっさんはミステリアス系に強く惹《ひ》かれるのだ。

「――――」

背中から無言のプレッシャーを感じる。

兎《うさぎ》族の姉妹が、ちゃんと慰めないと承知しないぞ、と赤い目で睨んでいそうだ。

ベル子はレシピ作り隊の中でリーダー的な存在だから、元気がないと姉妹も困るのだろう。

「その、体調を崩したと聞いてな？」

「…………」

「それで、お見舞いにでもと思ってな？」

「…………」

「だから、元気が出るように、カロリー増し増しのケーキを持ってきたぞ」

「……やっぱり笑いにきたのね？」

そう言ってベル子は、布団の中に潜り込んでしまった。

おかしいな、ケーキはお見舞い品の定番だと思っていたのに。

「お大事に」

何事も諦めが肝心。大人になるってことは、いろいろと諦めるってこと。

「――――」

回れ右して退散しようとしたら、両手を広げた兎族姉妹に通せんぼされてしまった。

「……」

それに、布団の中から白い手が伸びて、俺の服の裾を掴《つか》んでいる。

うーむ、よく分からんが、諦めるのは早いらしい。諦めたらそこで試合終了だからな。

「ほーら、病人も食べやすい、おかゆだぞ」

俺は、もう一つの定番である栄養たっぷりなおかゆを取り出した。

リエーから聞くところ、ベル子は寝込んでからずっと食べていないらしい。

熱があって食欲がないのだろうし、ダイエット的な理由もあるのだろう。

だが、さすがに一日以上食べないのはよろしくない。

「ほらほら、ファミレスのやっすいヤツじゃなくて、居酒屋のちょっとお高いヤツだぞー」

いや、ファミレスの雑炊《ぞうすい》も美味《おい》しいけどな。朝から食べられて重宝するし。

ちなみに俺の中では、おかゆと雑炊は同じ食べ物である。

「…………」

悲しみの引きこもり少女は、まだ布団から出てこない。

でも、もぞもぞしているから、興味はあるようだ。

「ベルーチェちゃん、旦那様が食べさせてくれるって！」

「そうだよベルーチェさんっ、あーんしてくれるって、あーん！」

あれ？　そんなこと言ってないのだが？

三十路《みそじ》越えのおっさんが十代半ばの少女にあーんだなんて、逮捕案件じゃない？

これ幸いと、お巡りさんに突き出す作戦かな？

「――――」

おっ、布団から頭が生えた。

珍しく恥ずかしそうな表情で、ベル子がこちらを見ている。

兎《うさぎ》族姉妹の作戦が功を奏したようだ。

「……ちゃんと、ふーふーしてくれる？」

「うんうんっ、もちろんだよ、ベルーチェちゃん！」

「そうそうっ、いっぱい愛情を込めてふーふーするからね、ベルーチェさん！」

俺の意思が及ばないところで勝手に話が進んでいく。

熱にやられているせいか、ベル子も変な感じになっている。

病気で弱っている時は誰かに甘えたくなるから、仕方ないか。

「はいはい、ふーふー、ふーふー」

前後からの視線に屈した俺は、望まれている行動を開始した。

くっ、まさかこの年になって、こんな恥ずかしい真似を強要されるとはっ。

「これ以上冷めたら美味《おい》しくなくなっちゃうぞー」

おかゆの優しい匂いに負けたのか、それともただ空腹に負けたのか。

眠り姫は、意を決したように布団をめくって、上半身を起こした。

「……なによ?」

「なーんだ、お相撲《すもう》さんみたいに丸くなったのかと思ったら、全然大したことないな。むしろ、今の方が健康的でいいと思うぞ」

「──っ」

当初と比べると三回りほど肉厚になったようだが、もともと病的な痩せすぎだったので、今の状態が普通に見える。それに、背が小さいから、少しくらいポッチャリしている方が子供らしくていい。

でも、発熱して顔が赤いようだから心配だ。

「それじゃあ、その……」

「「あーん!」」

リエーとコニー、大きな声で復唱するのは勘弁してくれ。

世間の荒波に慣れてしまったおっさんでも、まだ羞恥心は残っているから。

「あ、あーんっ」

そう言ったベル子は、真っ赤な顔で小さなお口を開けたままにしている。

食べる側にまで煽《あお》られたら、もうね？

いっそ殺してくれ。今こそ包丁で刺すチャンスだぞ？

「はいはい、ほら」

「……、…………、おいしい……」

まあ、いいか。ベル子も少しは調子を取り戻したようだし。

おっさんのちっぽけな自尊心を犠牲に、貴重な料理人が救われるのなら、むしろ本望。

どんどん羞恥プレイを楽しんでくれ！


完食後。

すっかり元気になったベル子は、兎《うさぎ》族姉妹と楽しそうに談話している。

少し離れた所でそれを眺めている俺も、ほっと一息。

おかゆの中には抜かりなく病気回復薬を混ぜておいたから、肉体的な病気は回復済み。

厄介な精神的な病気も、改善に向かっているようだ。

病は気からというし、何かしら意識の変化があったのだろう。

料理作りには体力も必要だから、その身にお肉を蓄えるのも大事だと気づいたのかもしれない。

ともかく、これで俺はお役御免である。実際のところ、おかゆを食べさせただけだが。

「だいぶ良くなったようだが、まだ安静にした方がいいので余所者《よそもの》の俺はこの辺で退散しよう。

仕事のことは忘れて、完治するまでしっかり休んでくれ」

病人に気を遣っているようなふりをして、そそくさと立ち去ろう。

少女の群れに中年男がいては、着替えもできないだろうし。

難儀なミッションも無事クリアできたし、本日の俺は去り際まで完璧だな！

「あのっ」

「ん？」

「……本当に私、太ってない？」

クールに去ろうとしたら、ベル子から話しかけられた。

蛇足になるが、最後は小粋な会話で幕を引くのも悪くない。

まだ不安げな少女に向かって、笑顔で肯定するだけの簡単なお仕事だ。

「ああ、もちろんだよ、デブーチェ」

……あれ？　もしかして、言い間違えちゃったかな？

「「――――」」

つい先ほどまで笑っていた兎《うさぎ》族姉妹が、笑顔のまま固まっている。

「――――」

デブーチェ、じゃなくてベルーチェは、いつもの半眼を極限まで見開いて硬直し、ぷるぷる震えている。

「いやその、ついつい自然に口から出ただけで、他意はないんだぞ？」

「――あぁぁぁーーーっ」

フォローむなしく、眠り姫はまた布団の中に潜ってしまった。

十代半ばは多感なお年頃と聞くが、まさかここまでとは……。

「おーい、出ておいでー、十代半ばの成長期はいっぱい食べないと駄目だぞー。女の子はガリガリよりポッチャリしていた方が可愛く見えるそうだぞー」

それから、眠り姫が全快するまで、さらに三日を要したのである。

だから言っただろう？　俺が出しゃばると、ろくな結果にならないって。

大人の忠告はちゃんと聞かないと駄目だぞ。

俺は、この悲しい事件以降、ベル子に気を遣って極力顔を合わせないように心掛けた。

政治家のような失言をしないため、必要最小限の会話にするよう留意した。

差し入れする時にも、ベル子にだけカロリーが低いお菓子を渡すように配慮した。

……だけど、彼女の機嫌は直るどころか、より悪くなるばかり。

気を遣えば遣うほどに悪化する悪循環。ほんと、女心は難しい。

料理のレシピ作りが一段落したら、今度は女心の「レシピ」を作りたいと切に感じる、秋の夜長の出来事であったとさ。

第六十九話　囚《とら》われの女神様

当時十二歳であった少年の父親が亡くなってから、もうすぐ三年が経《た》つ。

突然の不幸で、備えも蓄えもなく、少年と母親は喪《も》に服す時間もなく働き続けてきた。

無理がたたり、母親が倒れたのは半年前。それからは、唯一働ける少年が一家を支えてきたが、病床に伏す母親と幼い弟妹を飢えさせないようにするだけで精いっぱい。

自身が食べる分を削ってどうにかやってきたが、限界が近い。

過労で倒れ、破綻《はたん》する未来は、もはや確定的だと諦めかけていた時――。

「ねえ、試食してくれない？」

空腹と疲れで朦朧《もうろう》としていた脳に、その可愛らしい声は、よく響いた。

「……仕事なら、何だってやるよ」

少年は、「試食」という初めて聞く単語を発した相手の方を向く。

どうやら、おぼつかない足取りで歩いていたところ、たまたま通りがかった屋敷に住む少女から、声を掛けられたらしい。その家は、貴族が暮らすような豪邸ではなかったが、二間しかない狭い家で暮らす少年からすれば、十分立派な屋敷に思えた。

門扉の前で佇《たたず》む少女の服を見るだけでも、裕福な生活を送っている様子が窺《うかが》える。

清潔な服を身に纏《まと》い、美味《おい》しそうな料理が乗った皿を両手で持っている少女。

綺麗《きれい》に整った髪の間から飛び出ている特徴的な耳からして、兎《うさぎ》族のようだ。

「仕事じゃないよ。試食っていうのはね、この料理を食べてから、上手にできてるところとか、反対に失敗してるところとか、料理の味の感想を伝えることだよ」

「えっ⁉」

少年が驚くのも無理はない。料理の良し悪しについてはよく分からないだろうが、要はタダで食べても怒られないということ。そんな都合の良い話があるなんて――。

「ほ、本当にっ、タダで食っていいのかよっ？」

「うん。でもその代わり、ちゃんと感想を聞かせてね？」

「――――っ」

少年は了解した。……が、兎族の少女に聞こえたかは定かではない。返事すると同時に、猛烈な勢いで食べ始めたからだ。

「――――」

「…………」

一心不乱に食べ続ける少年と、それを静かに見守る少女。

両手で奪い取るように口へ詰め込む無礼者に対し、少女は柔らかな笑みを浮かべている。

「――ぷはっ。……ぜ、全部、食べた、よ？」

「うん、ありがとうっ。はい、これお水ね」

短時間で食べ終えた少年に、少女はいつの間にか用意していたコップを渡してくる。

満面の笑みで、きめ細かい気配りができる兎族の少女は、女神のように見えた。

「それで、どうだった？」

「な、なにがっ？」

慈愛の女神が、笑顔のまま迫ってくる。

「もうっ、料理の感想を教えてくれる約束でしょっ」

「あっ、それはっ、そのっ、すっごく美味《うま》かったっ、と思うけどっ……」

少年はどうにか感想を述べたが、実際には味を気にする余裕などなかった。

飢えた全身が栄養を取り入れようと、本能のままに食べていたにすぎないからだ。

それに、これまで少年が身に付けてきた常識では、料理とは値段に見合う量の多さだけで判別されるもので、味が良いかどうかなんて評価項目になかったのだ。

「そっか、これが旦那様が言ってた『空腹は最高のスパイス』ってことなんだね。うん、だったら仕方ないよね」

「その、ちゃんと言えなくて、ごめん……」

「気にしないで。いきなりお願いしたのは、わたしの方だから」

「で、でもっ」

よく分からないが、少女の期待を裏切ってしまったのだと感じる。

女神を悲しませてしまったこと、そして、何一つお返しできない自分に気づき、少年は胸が締め付けられるような思いをした。

「ねえ、よかったら明日も試食してくれないかな？」

「あ、明日？」

「実はね、これからほぼ毎日、お昼と夕方にここで試食会を開きたいと思っていたの。だから、時間がある時でいいから、またお願いしてもいいかな？」

「——来るっ！　ぜったいにっ、また来るよっ！」

名誉挽回の機会を得た少年は、勢いよく返事をした。

毎日タダで飯が食えるなんて、これ以上の幸福はない。

今度こそしっかり味わって、ちゃんと褒めて、女神を喜ばせるのだ。

そんな決意を胸に抱き、活力を取り戻した少年は走りながら家へと帰っていく。

「うんっ、わたしも頑張らなきゃっ」

少女もまた、手を振って少年を見送りながら、もっと美味しい料理を作ろうと思った。


「……やりすぎだよ、お姉ちゃんは」

「……魔性の女って、ああいうのを指すのね」

屋敷の窓から見ていた同僚二人は、こっそりと溜息《ためいき》をつくのであった。

◇◇◇

それから少年は、仕事の合間を縫って、何度も通うようになった。

日を重ねるごとに料理の品数が増え、庭先にはテーブルまで用意された。

その様子は、もはや試食の枠を超え、普通の食事会と変わりなかった。

同時に、試食する人数も増えていった。

少年が見たところ、参加者は全て自分と似た境遇の子供のようであった。

乾いた皮膚と生気のない瞳。ぼさぼさの髪に何日も洗っていない服。

鏡を持っていない少年は、少し前までの自分の姿がそうであったのだろうと気づかされる。

「みんな、今日もいっぱい食べて、いっぱい感想を聞かせてねっ」

「「「うんっ！」」」

女神に導かれ、飢えた少年少女はよだれを垂らしながら頷《うなず》く。

どうやら兎《うさぎ》族の少女は、子供を手懐《てなず》ける能力に長《た》けているらしい。

食べる前に手を合わせて感謝を捧げる子供たちと、その心を笑顔で受け入れる少女の構図は、新たな宗教の誕生を予感させた。

「きょ、今日も、すっごく美味《おい》しいよっ」

多くのライバルたちに気圧《けお》されながら、少年は必死に感想を伝える。

悲しいことに、飢えと心は満たされても、語彙《ごい》の乏しさまでは解消できない。

それは、試食会に出される料理の奇抜さも大きな理由であった。

これまで少年が食べてきたような、一目見ただけで食材が分かる料理とは違い、鮮やかに装飾されていたり原型を留《とど》めないほど加工されていたりする料理が多い。

見た目以外にも、複数の味付けが絡み合い、全く別の風味へと変化している。

試食会に参加し始めた当初は、不思議で仕方なかった。料理なんて、口の中に入れてしまえば、ぐちゃぐちゃに混ざって血肉となるだけだから、精魂を込めるだけ無駄。

そんな余分な知恵と時間と金があったら、他に回す方がずっと経済的。

今も半分はそう思うが、少女が試食会を開く理由も、少しは理解できるようになってきた。

まだ完成品には程遠いそうだが、舌と目を喜ばせるためにたくさん工夫された料理を口にすると、空腹とはまた別のところが満たされるように感じる。

己《おのれ》を動かす原動力は、肉体によるものだけではないのだと初めて知ったのだ。

「うんっ、今日も試食会に付き合ってくれて、ありがとうねっ」

試食の役割を果たせていない少年に対し、少女はいつも笑顔でお礼を言ってくる。

本当にお礼を言うべきは、自分たちの方なのに。食費を浮かすだけでなく、元気を取り戻せているおかげで、家族全員を支えることができているのに。

慈愛の女神である少女の役に立ちたいと、少年は思うようになった。

だけど、立派な屋敷に住み、綺麗《きれい》な服に身を包み、こんな美味しい料理を作れる女神に、助けなんて必要ない。

ろくに稼げもしない自分なんかができることなんて、何一つない。

少年は、そう思っていたのだが——。

「そ、そういえば、どうしていつも料理ばかり作ってるの？」

「旦那様が美味しいって思える料理を作るのが、わたしの仕事なんだよ」

「そっか、君はこのお屋敷で働くメイドだったんだね」

「ううん、違うよ、わたしは旦那様に買われた奴隷だよ」

「ど、奴隷……？」

「ほら、これ」

少女が服の襟を捲《めく》ると、その首元には奴隷の証《あかし》である首輪が巻かれていた。

「わたしたちの旦那様はね、美味《お》しい料理を食べるのがとっても好きなの。だから毎日練習してるんだけど、まだまだ下手くそで何度も作り直しちゃうから、こうしてみんなにお願いして試食してもらってるんだよ」

そう言った少女は、今までで一番の笑顔を見せた。

「そ、そんなっ――」

だけど、少年は知っている。

自分の意思で笑う奴隷なんていないことを。

笑顔をつくってみせているのは、主人に命令されているからだと。

極悪非道な主人によってボロボロにされた心と体で、必死に笑っているのだと。

「――」

目の前の少女は女神の化身だから、いつも笑顔だと思っていたのに。

女神である少女は、恵まれぬ者を助けるために、料理を作っているのだと思っていたのに。

実際は、悪魔に囚《とら》われていたなんて。

きっと、屋敷の外だけが心の安まる場所なのだろう。

屋敷の中に戻れば、いたいけな少女を弄《もてあそ》ぶ変態主人が待ち構えているのだ。

今も仮初《かりそ》めの自由を楽しむ少女を窓から眺め、卑劣な笑みを浮かべているに違いない。

「あれ、どうしたの？」

食事の手を止めて愕然《がくぜん》とする少年を、少女が心配そうに見てくる。

その慈《いつく》しみの瞳は、本来なら己《おのれ》自身に向けるものなのに。

それでも少女は、救われぬ自身を差し置いて、手を差し伸べてくれる。

ああ、彼女は正真正銘の女神様だったのか――。

「おれ、強くなるよっ！」

本物の女神を前に、少年は誓った。

今の自分にできることは、何もない。

それどころか、反対に助けてもらっている。

でも、強くなるから。

「ぜったいに、強くなるからっ」

自分の力だけで家族を養える、一人前の男になるから。

そして、悪魔から女神を救出できる、強い男になってみせるから！

「だからっ、それまでっ、負けないでっ！」

「えっ、あの、うん？」

曖昧《あいまい》に頷《うなず》く少女を見て、自分の気持ちを受け取ってくれたと思った少年は歓喜した。

周りの子供たちも、事情を察して同じ想いを抱く。

その姿は、女神に忠誠を誓う騎士にほかならない。

この瞬間、女神を弄ぶ悪魔に、正義の鉄槌《てっつい》を下す騎士団が結成されたのである。

今は、何もできない子供だけど、いつか、必ず、救ってみせる‼

「……だからやりすぎなんだよ、お姉ちゃんは」

「……やっぱり一番怖いのは、あの子なのよね」

玄関の扉の後ろに隠れて様子を窺《うかが》っていた同僚二人が、また溜息《ためいき》をつく。

どのような形にせよ、料理を通して世界の輪は広がっていくのであった。

◇◇◇

「なあ、最近やたらと街中の子供たちから睨《にら》まれるんだが、また俺何かやっちゃったかな？」

「心配しなくていいわよ。今回は珍しく、ご主人様が悪いわけじゃないから」

「そうだよ、今回ばかりは同情しちゃうよ」

「あれ？　どうしてベルーチェちゃんとコニーは、そんな目でわたしを見るの？」

兎《うさぎ》族の姉リエーを守護する騎士団が結成された日、以降。

彼女から「旦那様」と呼ばれる中年男は、見知らぬ多くの少年少女から敵意を抱かれるようになるのだが――それはまた、別のお話。

第七十話　旅と料理と中年男の夢

「さまざまな地域特有の料理について研究したいから、別の街にも連れて行ってちょうだい。言わば、料理探しの旅、ね」

ベルーチェの一言で、その観光ツアーは始まった。

「研究熱心なのはとても良いが、どうせ他の街の料理も大したことないから、参考にならないと思うぞ？」

「そんなことはないわ。あなたの懐《ふところ》から出てくる料理と比べたら、取るに足らないかもしれないけど、結局は目の前にある材料と器具を使って作るしかない。だから、あなたが求める特別な技能だけでなく、地域に根付く一般的な知恵も識っておかなくちゃ駄目なのよ」

「ふむふむ、もっともな話だな。よしっ、ではすぐに準備しよう！」

奴隷少女の主人はそう言うと、転送アイテムを使ってどこかへ行ってしまった。

料理にしか興味を示さない男なので、その料理にこじつけると非常に扱いやすい。

普段は面倒くさがって動かないくせに、人が変わったようだ。

三人の奴隷少女も慣れたもので、料理のレシピ作りが二年目に突入する頃には、胡散臭《うさんくさ》い中年男の扱いが上手になっていた。

「くふっ、くふふっ――」

「あの人と一緒にお出かけするのが嬉《うれ》しくて仕方ない、って感じですね、ベルーチェさん」

「あら、そんなことないわ。見知らぬ街を巡るのが面白そうだと思っているだけよ」

「「………」」

いつもは人混みが苦手だと言っているくせに、などと無粋《ぶすい》な突っ込みはせず、兎《うさぎ》族の姉妹は温かい眼差《まなざ》しで眺める。踊るようにくるくると回りながら鼻歌を歌う黒髪の少女は、見ている者まで浮き浮きしそうなほど、楽しそうだった。

「旦那様があんなに簡単に了解してくれるなんて、拍子抜けだったね、ベルーチェちゃん」

「私たちのご主人様は、美味《おい》しい料理さえあれば何でもいいのよ。……良くも悪くも、ね」

「でも、雑でいい加減なあの人のことだから、変てこりんな旅行になりそうで不安だよ」

「街中を観光しながら探索して、美味しそうな料理を見つけたら食べて、日が暮れたら宿で休む。ただそれだけだから、変な旅になりようがないでしょう？」

「だといいんだけど……」

基本的に主人を信じているベルーチェとリエーは疑わなかったが、基本的に主人を駄目駄目な大人だと思っているコニーは、悪い予感を抱くのであった。

◇◇◇

「……これは、旅行とは、言えないわ」

「ははは、そんなわけなかろうて。これこそ完璧な食い倒れツアーだぞ！」

旅行の一日目。あまりのハードスケジュールに、ベルーチェは嘆いた。

ハードといっても、肉体的な負担はない。街から街への移動は、転送アイテムで一瞬。お腹《なか》いっぱいになれば、状態回復薬で解消。体調が悪ければ、体力回復薬と病気回復薬で全快。

中年男と少女三人の一行は、たった一日で、五つの街と十八の料理店を梯子《はしご》していた。

その間、休憩は一切なし。店内で飯を食い、食べたらすぐ店を出て、外に出たらすぐ転移して次の店の前へ。それを延々と機械的に繰り返すだけ。

観光、余韻《よいん》、リフレッシュなど一切を排除した食事特化型の旅行。

それこそが、主人が綿密に計画した「異世界食い倒れ日帰りツアー」の全容だった。

「初めて行く街では、ご当地の特色や名物に触れて観光を楽しむのが礼儀でしょうっ⁉」

「いや、俺は前に来たことあるし。それに、特産物といったら料理を楽しむのが一番だし」

「だとしても、ゆっくり味わったり、食後の余韻を楽しむ時間くらいあるべきでしょうっ⁉」

「いや、大して美味《うま》くもない料理に割《さ》く時間なんてないし」

ああ言えばこう言う。馬の耳に念仏。

旅人を自称し、旅を趣味だと豪語する男は、旅の楽しみ方を全く理解していなかった。

こんなにも情緒に欠ける男が、本当に料理の味を理解できるのだろうかと、三人の少女は今更ながら疑いの目を向け、うんざりする。

「それに、どうして日帰りなのよっ。普通は何日もかけて、ゆっくり回るものでしょうっ？」

「いや、アイテムを使えば一瞬で移動できるから泊まる必要なんてないし。大抵の宿には風呂がないから、風呂がある自分の家に戻る方がずっと快適だろう？」

「そういう問題じゃないわよっ」

「それに、若い娘さんは、こんなおっさんと泊まっても楽しくないだろうし」

「「「…………」」」

ベルーチェ、リエー、コニーは、その一言で理解した。

それは、出会った当初から薄々感じていて、段々と確信に変わっていったこと。

主人と奴隷の関係が始まって一年が過ぎた今でも、中年男は金に物を言わせて少女たちを無理やり購入してしまった負い目を感じており、深く接するのを怖がっているのだ。

――馬鹿な男。

ニュアンスの違いはあれど、三人の奴隷少女は、同じ感想を抱くのであった。

「……とにかく、今日はこの街に泊まりましょう。せめて一泊はしないと、とても旅行した気分にはならないわ」

「いや、目的は旅じゃなくて料理だから、宿泊なんて無駄だと思うぞ？」

「旦那様っ、郷土料理はその地域の雰囲気と一緒に楽しむ方が美味《おい》しく感じると思いますっ」

「ふむ……」

「お姉ちゃんの言うとおりだよっ。大きな店ばかりじゃなくて、もっと地元の食材を使った小さな店まで探すべきだよっ」

「なるほどなるほど、それも一理あるな。よし、では本日は宿を探して泊まるとしよう！」

ようやく説得に成功した少女たちは、大きな溜息《ためいき》をついた。私のご主人様は、どうしてこうもテキトーなのだろうか。それを受け入れ、当然のように思いつつある己《おのれ》自身が少し怖い。

慣れとは、悲しくも賢い、生きていくための秘訣である。

◇◇◇

「……なあ、何度も同じ質問をするのもどうかと思うが、本当に全員一緒に同じ部屋に泊まる必要があったのか？」

奴隷少女の希望が叶《かな》い、無事に宿を確保した一行。

しかし、主人はまだ納得いかない顔で首を傾げていた。

「今日食べた料理の感想を言い合うのだから、同じ部屋の方が都合がいいに決まっているって、何度も言っているでしょう」

「感想を発表するのは大事だと思うが、俺が参加する必要はないのでは？」

「ご主人様を満足させるために作る料理のレシピなのだから、そのご主人様の感想は何よりも優先されるべきでしょう」

「そ、それは、そうかもしれないが……」

説明され、その場では言い含められるが、しばらくするとまた同じ質問をしてくる。

とにかく主人は、少女たちとの同室だけは避けたいらしい。

「旦那様は、わたしたちとお話しするのが、そんなに嫌なんですか？」

「い、いやいや、そんなつもりはないんだぞ？　ただその、俺のウィットとユーモアに富んだジョークは大人の女性向けだから、君たちのような若い娘さんとは少々嚙《か》み合わない可能性も捨てきれないと心配しているだけでっ」

「お姉ちゃんもベルーチェさんも、別に面白い話をしてほしいだなんて言ってないでしょっ。どうしていつも、格好つけようとするのよっ」

「それがダンディな紳士である俺の使命なのさ」

「ご大層な使命もあったものね。そんな難しいことを考えずに、ご主人様は料理の感想と私たちからの質問に答えるだけでいいのよ」

料理に関しては饒舌《じょうぜつ》になる主人だが、自分自身のことを話すのは苦手らしい。

それを察しているからこそベルーチェは、主人が逃げられない場を用意し、腰を据えて話を聞こうとしているのだ。

もっとも、少女が聞きたいのは主人に関係することなら、雑談でもなんでもよかった。

「ええいっ、こうなったら覚悟を決めてやるっ。甥《おい》っ子の子守りさえ三十分と我慢できず、同じ部屋に他人がいると眠れない俺だが、見事この窮地を乗り切ってやるぞ！」

逃げ場を失い、情けない意志表明を行った主人は、懐《ふところ》から強めの酒を取り出すのであった。


「あなたが求める料理は、理想が高すぎるのよっ」

「旦那様、お肉ばかりでなくバランス良く食べないとお体に悪いですよ」

「そうだそうだっ、お姉ちゃんを困らせるなっ」

普通の会話を苦手とする主人の懸念は、杞憂《きゆう》に終わる。

自分用に取り出した甘い酒が好評で、全員が酔ってしまったからだ。

料理の感想会は、建設的な意見が望めず、少女たちが愚痴を吐き出す場と化していた。

「……幼くても女は女。たとえ酸《す》いも甘《あま》いも噛《か》み分けるおっさんでも、男が敵《かな》うはずもない。しかも、一対三。男女の力関係は男五に女一でようやく釣り合うのに、オーバーキル過ぎる」

「ちゃんと私の話を聞いているのっ⁉」

「はいはい、お姫様の仰せのままに」

「だったらもっと、女性として優しく接してよっ」

「旦那様、わたしたちはまだ子供で、奴隷ですが、それ以前に女なんですよ？」

「そうだそうだっ、お姉ちゃんの言うとおりだっ」

「ふむ、レシピ作りのモチベーションを保つためには、まだ福利厚生が足りなかったようだな。それで、後どれくらいの金を追加すればいいんだ？」

「そ、れ、が、ダ、メ、な、の、よ！　どうしてなんでもお金で解決しようとするのっ⁉」

「えっ、だって、女が男に求める優しさとは、一に金、二に宝石、三、四がなくて、五にブランド品だと、プレイボーイ向けの雑誌に書いてあったぞ？」

「……あなたって、総じて常識に欠けるけど、特に料理と女性については酷《ひど》いわね」

「世の中には金で買えない幸せもあるのだろうが、金がないと壊れてしまう幸せの方が、遥《はる》かに多いんだぞ」

「それは間違いではないわ。でもね、お金で得る幸せは上辺だけで、本当の幸せはその先にあるものなのよ」

「ふむふむ、若くても人生経験が深いと言うことが違うな」

「あなたは大人で、力も経験も多いはずなのに、どうしてそんなに嘘《うそ》っぽいの？」

「自分の言葉に責任を持たせないようにしておけば、間違っていたり裏切られたりしても傷つかない。これが大人の処世術。嘘《うそ》も方便ってヤツだ」

「それもまたテキトーに言っているだけでしょう？」

「三枚舌外交に舌先三寸、やはり三の字は偉大だな」

酔っ払いで常識がない者相手では、ますます話が通じない。

「はぁ……。まあ、いいわ。薄っぺらい言葉だとしても、他人の考えなんてどうせ理解できないものよ。それよりも、もっと楽しい話——料理の話をしましょう」

「よしっ、だったら料理の名前でしりとりでもするかっ」

「それだと、旦那様だけが圧倒的に有利だと思いますけど？」

「勝負とは、自分に有利な条件で戦うのが鉄則なのだ」

「大人のくせに、どうしてそう卑怯《ひきょう》なのよっ」

「大人になるってのは、純粋さを捨てて卑怯になるってことなのさ」

「そもそも、勝負をしようだなんて言ってないでしょう。いいからほら、あなたの料理に対する想いの程を聞かせてちょうだい？」

奴隷少女は結局、聞く側に徹することにした。

主人の、女性に対する偏見や購入した奴隷少女に対する思い違いを正すのは難しい。

主人にとって三人の少女は、悪い大人に騙《だま》されて嫌々働かされている子供でしかないのだ。

だからこそ、丁寧に扱い、破格の条件を揃《そろ》え、ご褒美という抜け道を用意し、奴隷からの解放を促そうとしている。

それが、少女たちのためだと、信じて疑わず。

そして何より、彼自身が罪悪感から解放されるために。

「まてまて、いきなりお題を振られても、俺は芸人じゃないから対応できないぞ」

「どんな話でもいいのだけど、それだと逆に話しにくいのね。だったら、あなたが私たちに作らせているレシピの使い道について教えてちょうだい」

「レシピの使い方、か」

「そうよ、あなたはたくさんの料理のレシピを使って、何をしたいの？」

「うーん、そうだなー……」

主人は、悩むふりをしながら、語り始めた。


――レシピが集まったら、お洒落《しゃれ》な料理店を作りたい。

夜はあの居酒屋でいいから、朝と昼に軽い食事を気楽に取れる店、そうカフェが理想だ。

なぜだろう、カフェという言葉は、とても魅力的に感じる。

お洒落であるだけでなく、紳士的でも文明的でもあり、大変よろしい。

生まれ故郷には、たくさんのカフェがあったけど、ろくに行った記憶がない。

ゆったりする時間がなかったのもあるが、ハードルが高く感じられたからだ。

チェーン展開している有名店は、若者やカップルだらけ。

古くからの喫茶店は、年季の入った近所の常連ばかり。

そこにカフェ特有のルールやコーヒーの味を理解できない中年男が入るのは、度胸がいる。

我が物顔で利用できる行きつけの店があったらいいなと、ずっと思っていた。

だから、カフェを作りたい。

食への興味が薄いこの世界で、あまり需要がないカフェを作りたい。

外観は、西洋風な周囲に溶け込んで目立たず、それでいてちょっと特別な感じ。

ドアには、カランカランと鳴る大きなベルを付け。

内装はシックで、洗練されたデザインのテーブルと椅子。

席の数は少なめで、余裕ある空間を演出。

天井は吹き抜けで、開放感に溢《あふ》れている。

もちろん、お一人様用の席も忘れずに。

料理は、コーヒーや紅茶を中心とした渋めの飲み物に、パスタやパン類の軽食だけでなく、甘いデザート類も充実させよう。

値段は高めに設定して、金のない若者を排除。

さらにカップルには、席に座ってすぐ、ぶぶ漬けをプレゼント。

本物の料理の味が分かる通《つう》と、雰囲気を求める紳士だけがいればいい。

そんな憩いの場で俺は、小説本を片手に、三杯の砂糖を入れたコーヒーを飲みながら、優雅な時を過ごす。

耳を澄ませば、心地よい音楽が流れてくる。

最後は、濃くて苦いブラックコーヒーと、濃厚なラムレーズンアイスクリームを。

うん、いいよこれ。すっごくいい。

リア充には何の変哲もない日常に思えるだろうが、これこそが俺が求める贅沢《ぜいたく》な時間。

まさに、余裕の具現化なのだ！


世間話は苦手なくせに、身振り手振りを交えて饒舌《じょうぜつ》に語る主人。

夢に酔った中年男の夢物語を、ベルーチェは嬉《うれ》しそうに、リエーは真剣に、コニーは胡乱《うろん》なもののように聞いている。

相手と目を合わせようとしない主人は、奴隷少女のそんな様子に気づかず、話を続ける。

永遠に続きそうな子守歌のなか……。

ベルーチェは、奴隷館に閉じ込められていた頃、自分と同じ売れ残りで、目つきと口の悪い奴隷仲間から聞いた話を思い出していた。

（男が夢を語るのは、女を口説くため、だったわよね）

夢を語る姿も似合わないが、それ以上に女を口説く姿は想像すらできない。

おそらく、紳士を気取る中年男が女に愛を囁《ささや》く場面は、生涯実現しないだろう。

だとしたら、今のこの瞬間は、奇跡そのもの。

男にそのつもりがなくとも、女は勘違いする生き物。

理由はどうであれ、勘違いさせた方が悪い。

そもそも、本気も勘違いも、大きな違いはない。

そう、受け取る側にとっては――。

（悪くないわ、ね）

カフェなる料理店は知らないが、目を閉じれば浮かんでくる光景。
可愛いお店で、私が作った料理を、美味《おい》しそうに食べる男。
男が飲み干したカップに、甲斐甲斐《かいがい》しくコーヒーを注《つ》ぎ足す私。
それだけでもう、お腹《なか》いっぱい。

「「「――――」」」
三人の少女が寝落ちするまで、男の与太話は続けられた。

第七十一話　告白のすゝめ

「ベルーチェさんは、あの人とどれくらい進展してるんですか？」

事の始まりは、兎族《うさぎ》の妹コニーの何気ない一言であった。

本人に悪気はなく、世間話のついでに聞いているところが、余計にたちが悪い。

「……私たちはいつも一緒にいるのだから、ご覧の通りよ」

唐突で無邪気な質問に対し、ベルーチェは簡潔に答え、会話を終わらせようとする。

「でも、あの人がこの屋敷に泊まる時には、夜中にこっそりと会いに行ってますよね？」

だが、コニーの追究は終わらず、言い逃れできない新たな情報が提出される。

「ええっ、ベルーチェちゃんって、そんな大胆なことしてたのっ⁉」

知らぬは兎族の姉リエーばかり。

彼女は一度眠ってしまったら、滅多なことでは朝まで目を覚まさない。

「どうしてコニーが、それを知っているの？」

「夜中に目が覚めて、トイレに行こうとしたら、あの人が眠る応接間にベルーチェさんが入っていく姿が見えたんです。しかも、何度も」

「……そんなに何度も目撃されていたなんて、少しも気づかなかったわ」

「あっ、でも安心してください。聞き耳を立てたり覗《のぞ》いたりはしてませんから」

「お心遣い心底痛み入るわ。ええ、本当に……」

ベルーチェは、諦めたように礼を述べながら、溜息《ためいき》をつく。

兎族《うさぎ》は、その長い耳のおかげか、随分と耳聡《みみざと》いらしい。例外はあるようだが。

「それでベルーチェちゃんっ、どうなのっ？　旦那様とどこまで進展したのっ⁉」

その例外である兎族の姉が、食い込み気味に訊《たず》ねてくる。

三人の奴隷少女のなかで一番モテるのはリエーであり、そのことに全く気づかないほどの鈍感少女だが、他人の色恋沙汰《いろこいざた》にはとても興味があるようだ。

「――ないわよ」

「「？」」

「何もなかったって言っているのよっ。ええっ、そりゃあもうっ、ビックリするくらい毎度毎度何一つとして特別なことなんてなかったのよっ！」

「「…………」」

悲鳴にも似たベルーチェの回答に、兎族の姉妹は「あちゃー」な表情で黙り込む。

問い詰めておいて今更だが、色事について色良い返事を期待したのが間違いであった。

料理以外に興味を示さない主人に対して。そして、料理以外はからっきしな同僚に対して。

「「…………」」

しばしの間、沈黙が続く。

それは、落ち着きを取り戻すために必要な時間であり、懺悔《ざんげ》の時間でもあった。

「こうなったらもう、ちゃんと口にして真正面から攻めるしかないですよ、ベルーチェさんっ」

「そうだよ、ベルーチェちゃんっ。思わせぶりな態度だけじゃ伝わらないよっ」

「…………」

沈黙の後は、どうしてだか反省会&作戦会議になっていた。

兎族姉妹の無責任かつ火の玉ストレートなアドバイスに、ベルーチェは眉《まゆ》を顰《ひそ》める。

特に、多くの少年に思わせぶりな態度をばらまいているリエーに言われると複雑である。

「……どうして、私が彼に好意を寄せているのを前提としたアドバイスなの？」

「えっ、だって——」

今更前提を覆そうとする同僚を前に、兎族姉妹は戸惑ってしまう。

いつもあからさまな態度を取っているが、譲れない一線があるらしい。

「もしも、本当にもしも、仮に、そうであったとしても、そんな大切な儀式は男から女にするべきだと思うわ」

認めないまま会話を続けようとする同僚を前に、兎族姉妹は苦笑して話を合わせる。

「でも、あの人が誰かに好きだと素直に言う姿なんて、ぜんっぜん想像できませんよ？」

「コニー、旦那様の悪口を言ったら駄目だよ」

「別に悪口のつもりはないけど。だったらお姉ちゃんは、想像できるの？」

「そ、それはー、ちょっと難しい気がするけどー」

「ほら、やっぱりお姉ちゃんもそう思ってるじゃない。ベルーチェさんもそう思いますよね？」

「……否定は、できないわね」

致命的な醜男《ぶおとこ》ではないのに。適齢期を越えすぎてはいないのに。年増《としま》好きではなさそうなのに。

同性愛者ではないはずなのに。社交性は最低限ありそうなのに。腕っ節は結構あるのに。経済力は有り余っているのに。包容力もきっとあるはずなのに。

奴隷少女の主人は、色恋沙汰《いろこいざた》とは無縁の世界に住んでいるように感じてしまう。
女性から言い寄られる姿は想像できても、主人の方から口説く姿は全く浮かんでこない。
それが、主人と一年以上も関わってきた少女たちの感想であった。

「あの人には期待できないと、ベルーチェさんも分かっていて、でも自分からは伝えないってことは、つまり、今後何も進展しないってことですよね?」

「――――」

言われてみれば、正にその通り。
万が一、主人が奴隷少女に好意を持ったとしても、それを態度や口に出すとは思えない。
うすうす感じていた情けない現実を突きつけられ、ベルーチェは愕然《がくぜん》とした。

「……だからといって、女の方から想いを告げたとしても、彼が受け入れると思う?」

「「うーん……」」

これまた難題に、兎《うさぎ》族の姉妹は仲良く首を傾げて考える。

「旦那様は、結構流されやすいところがあるから、やり方次第では上手くいくんじゃないかな。ほら、ベルーチェちゃんが旦那様を強引に連れ回そうとする時、最初は抵抗するけど、結局は付き合ってくれるじゃない?」

「それは、そうかもしれないわね……」

「あたしは、逃げ出しちゃうって思います。何だかほら、あの人って難しい話や真面目な話からは、すぐ逃げちゃう感じですよね？」

「それも、そうかもしれないわね……」

案外あっさりと成功しそうでもあるが、失敗したら致命傷になりそうな危うさがある。

これでは、迂闊《うかつ》な真似はできない。手詰まり、である。

「「「…………」」」

三人の少女は、顔を見合わせて溜息《ためいき》をついた。

どんな困難でも簡単に乗り越えてしまいそうな力があるのに、本人が気乗りしないことはどんなに容易でもすぐ諦めてしまいそうなところが、いかにも主人らしい。

「こうなったらもう、女性から好意を告げられたらどうするのか、旦那様に直接聞くしかないよ、ベルーチェちゃんっ」

「そ、それはさすがに、露骨すぎるんじゃないの？」

「きっと大丈夫だよっ、旦那様は興味がない話については深く考えないからっ」

「それって、訊《たず》ねるまでもなく、もう答えは出ている気がするのだけど……」

こうして、どんどん泥沼に沈む展開へと移り進むのであった。

「旦那様は、女の子から好意を告げられたら、どうしますか？」

突然呼び出された主人に投げかけられた質問は、これ以上ないくらいシンプルであった。

迂遠《うえん》な言い回しだと曲解される恐れがあるので、正しい聞き方であろう。

「ふむふむ、まあ、状況次第だろうな」

リエーの予想通り、主人は悩まず、すぐに返事をする。

「どんな状況が考えられるんですか？」

「たとえば、キャバクラのお姉さんが相手の場合は営業トークだから適当に流すし、保険屋のお姉さんが相手の場合は金目当てだから身を守るし、会社のお局様《つぼねさま》の場合は全力で誤魔化すし、好奇心旺盛《おうせい》なお嬢様が相手の場合はぶん殴って目を覚まさせるし、最強の姫騎士が相手の場合は最強のメイドさんをけしかけるし、魔人が相手の場合は今度こそ全力で消滅させる、だろうな」

「「「…………」」」

主人のたとえ話は、特殊すぎて理解に苦しむ。

特殊なはずなのに、妙に具体的で実感がこもっているところが恐ろしい。

唯一確実なのは、上手くいくケースが一切想定されていないことだ。

「そ、それならば、旦那様が偶然助けた女の子、って場合はどうでしょうかっ？」

出鼻を挫《くじ》かれたリエーは、それでも果敢《かかん》に攻め続ける。

彼女にとっても、主人の恋愛観は、聞き逃せない理由があった。

「その女の子は怪我《けが》していて、見かねた旦那様が薬で治して、一緒に住むようになり、しばらくしてから好意を告げられた、って場合を教えてくださいっ！」

「なるほどなるほど、エロゲーでよくあるシチュエーションだな」

露骨なたとえ話だったが、主人はあっさりと受け入れてしまう。

主人の故郷が得意としていた創作物では、そんなケースは珍しくなかったからだ。

「そうだな、まずは自分の頬をつねる、だろうな」

「えっ？」

「可愛い女の子が中年男を好きになるなんて、夢の中でしかありえないだろう？」

「違いますっ、現実の話として考えてくださいっ！」

「現実だとしたら、周囲を見渡して警戒する、だろうな」

「えっ？」

「甘い言葉で油断させといて暗殺するのが常套手段《じょうとうしゅだん》だからな」

「どうして助けられた女の子がそんなことするんですかっ⁉」

「だって、その女の子が中年男と一緒に住むのは、弱みを握られて脅されているからだろう？」

「違いますっ、女の子はちゃんと感謝の気持ちを持っていると考えてくださいっ！」

「そうなると残された可能性は一つ、謝意が暴発して生まれてしまった自己犠牲、だろうな」

「自己犠牲っ⁉」

「たくさんお礼したいけど何もできない現実に追い詰められた女の子が、嫌々選択した最後の手段。それが自身の肉体を捧げること。施しを求める老人に対し、無力な兎《うさぎ》が火に飛び込んで、自分自身を料理として捧げようとした神話と同じだな」

「……その場合、旦那様は、どうするのですか？」

「アイテムでその子の記憶を消し、孤児院に移すべきだろう」

「自己犠牲もなしの場合でお願いします！」

よくもまあ、そんなに多くの被害妄想が出てくるものだと、逆に感心しそうになる。

リエーは希望が見えるまで続けようとするが、隣のコニーは虚《うつ》ろに笑い、もう諦めた表情をしていて、そのまた隣のベルーチェは俯《うつむ》いてぷるぷる震えている。

「あれもこれもなしだとすると、もしかして本当の本当に真実の愛がある場合、なのか？」

「もしかしなくても、最初っからそう言ってます！　……そんな場合は、考えられませんか？」

「いや、まあ、この世には絶対なんてないから、絶対ないこともないのだろうが……」

これまでと違って主人は、目を閉じて考え込む。

いつものテキトーで嘘《うそ》っぽい仕草だが、この時ばかりは真剣に考えているように見えた。

そして、出された結論は――。

「女の子にとってはつらい話になるが、その子は早急に入院させるべきだろう」

「ええっ⁉」

「劣悪な環境で監禁され続けると、長い時間を一緒に過ごした犯人に、連帯感や好意的な感情が湧き上がってしまうんだよ。いわゆるストックホルム症候群ってヤツだな」

「「「…………」」」

「その女の子は心が壊れてしまったんだよ。だから、病院でカウンセリングを受けるべきだ」

「「「…………」」」

重苦しい空気が漂う。

それは、三人の奴隷少女だけでなく、その主人である中年男からも感じられる。

それほど主人が、本気でそう思っている証拠。

その救いようのない残念な事実がまた、少女たちを絶望へと誘う。

「――どうしてっ、どうして駄目なのよっ！」

沈黙を破ったのは、これまで無言であった黒髪ロングの少女。

ベルーチェの表情は、悲しみを飲み込んで怒りに満ちていた。

「どうしてあなたは、そんな馬鹿な考え方しかできないのよっ‼」

「い、いや、女性を尊ぶ紳士でダンディな大人の男性として、普通の判断だと思うのだが？」

激怒される理由がちっとも理解できない主人は、「何で俺、怒られているの？」といった助けを求める視線を兎《うさぎ》族姉妹に向けるが……。

「旦那様が悪いです」

「駄目な大人が悪いよ」

周りは全て、敵だった。

いや、奴隷少女たちから見れば、駄目な大人である主人こそが敵なのだ。

「どんな場合だったら、女の子からの好意を素直に受け取るのよっ⁉」

「そんなの、俺に聞かれてもなぁ」

「自分のことでしょ！」

「いやいや、自分のことだからこそ、有り得ないから想像できないのだが？」

激情を露《あら》わにする少女に詰め寄られ、主人はたじろいで後ずさってしまう。

これまでなあなあに生きてきた男は、本気の感情がとても苦手だった。

「いつまでもふざけていないで、真剣に考えてよっ‼」

「おっ、おうっ？」

異なる地にやって来て、女性との交流は激増したが、怒鳴られるのはとても珍しい。

これほど強い感情をぶつけられては、根本的に真剣味が足りない男も真剣に応じるしかない。

「うーん?」

「…………」

「ううーん???」

「…………」

「うううーん???」

「……………」

「うん! 分からんっ!!」

長々と考え込んだ主人が絞り出した答えは、答えではなかった。

「「──────」」

ああ、やはり夢も希望もないのかと、少女たちは諦めの境地に至る直前だったのだが……。

「正直、俺には分からん! だが、真実の愛があれば、どうにかなると思うぞ」

主人の口から出てきた次の言葉は、これまでと違って前向きなものだった。

自身の救いようのなさを誰よりも知っている主人であったが、お気に入りの漫画や映画は、ハッピーエンドで終わる場合が多い。予期せぬバッドエンドは衝撃的で面白く感じるが、それでもやはり、ハッピーエンドを望む気持ちが胡乱《うろん》な男にもあったのだ。

「それが正真正銘の真実の愛であれば、どんな試練が待ち構えていようと、ハッピーエンドになる未来があるはずだ!」

「真実の、愛……」

「ああ、愛は地球を救うほど万能だからな！」

「うむ、きっと最後には愛が勝つ！　むしろ愛しか勝たん！　実に非合理で馬鹿馬鹿しい話だが、愛には何ものにも代え難い美しさがある！」

「愛は、万能……」

「愛は、美しい……」

「だから、その女の子の中に真実の愛があれば、どんな相手であろうと受け入れるさ！」

「……ほんとうに？」

「おうっ、愛は嘘《うそ》をつかないからなっ!!」

「――――」

真実の愛なんて知らないくせに、でも、だからこそ憧れを抱く、自称ロマンチストな主人は、勢いで断言してしまう。

物事を深く考えず、曖昧《あいまい》なまま流れに身を任せてしまうのは、致命的な悪癖であった。

「まあ、俺には縁のない話だけどな、ははははっ」

「――わよ」

「ん？」

「その言葉、信じるわよ！　絶対に忘れないわよ！」

迂闊《うかつ》な主人に向かって、ベルーチェは強く宣言した。

主人が本当に、真実の愛を理解できるのかどうかは、分からない。

だけど、今までがそうであったように、奴隷との約束を守ろうとする主人を信じたのだ。

「よく分からんが、信じる者は救われるというし、何事も信じられず疑心暗鬼になるよりは、とりあえず信じていた方が精神衛生上もいいと思うぞ」

「絶対だから！　その日が来るのをいつまでも待っているわよ！」

「あ、ああ、その、頑張ってくれ？」

「約束したわよ！」

「お、おう」

たとえ、口約束であっても、法律的に有効とされる契約がある。

婚約もまた、その一つだ。

全ては、隙と希望を見せた主人が悪いのだろう。

少なくともこれで、健気《けなげ》な少女が諦めるという健全な未来は、途絶えてしまった。

紳士でロマンチストを自称する大人の男であれば、責任を取って然るべき、であろう。

第七十二話　姉の誓い

草も木も人も兎《うさぎ》も眠る、深夜。

姉妹専用のベッドから、こっそり抜け出した兎族の姉リエーは、応接間へと向かう。

来客が皆無な屋敷にとって、無用の長物である応接間には、誰もいない。

……はずなのだが、その日ばかりは珍客がソファーの上でふんぞり返っていた。

「申し訳ございません。コニーが寝つくまで待っていたら、遅くなってしまいました」

「構わないさ。姉や兄が妹に振り回されるのは、世の必定《ひつじょう》。むしろ、ご褒美だな」

気色悪い返事をする来客は、くすんだ緑色の髪と服の中年男。来客なる呼称は、相応《ふさわ》しくないだろう。この男こそ、屋敷の所有者にして、リエーの主人なのだから。

「旦那様、お気遣いありがとうございます」

いつものように茶化そうとする主人に対し、いつも以上に奴隷は深々と頭を下げた。

ありがたく感じるのは本当だが、同時に申し訳なさも感じてしまう。

本当に、何から何までお世話になりっぱなしで……。

「このたびは旦那様に使い走りのような真似をさせてしまい、本当に申し訳ありませんでした」

「レシピを完成させた褒美の一環だから、気にする必要はない。従業員の懸念材料を払拭《ふっしょく》するのも、主人の務めだからな」

「でも……」

「自身の力で得た特権をどう使おうと、他者には咎《とが》める権利はない。たとえそれが、主人と奴隷の関係であっても、だ」

くだらない冗談と作り笑いが得意な主人だが、意外に感情の起伏は小さい。

なのに、今夜は、珍しく立腹しているように感じられた。

その原因を知っているだけに、さらに申し訳なさが増してしまう。

「そう、褒美として、リエーが何を望もうと、自由だ」

「…………」

「だから、ご希望通り、ご両親に金を渡してきたぞ」

「本当にありがとうございました。本来は、わたしが自分で行くべきなのですが……」

「それはやめた方がいいってことは、さすがの俺も分かるさ」

「はい……」

貧困が理由で奴隷商に売り払った娘が、奴隷の身分のままで金を稼ぎ、その金を差し出すために戻ってきたら、親はどう反応するのだろうか？

驚くだろう。戸惑うだろう。喜ぶだろう。そして、罪悪感を抱くだろう。

その様子を見て、奴隷になった娘は、どう感じるのだろうか。

「それで旦那様、わたしの家族は、その？」

「ああ、みんな達者で暮らしていたぞ。裕福そうではなかったが、飢えて困っているようにも見えなかった。リエーとコニーを売った金で持ち直したのだろうさ」

「そうですかっ、良かったですっ」

「……うん、まあ、そうだな。リエーからの仕送りは、しっかりと渡したから安心してくれ」

「はいっ、ありがとうございましたっ」

「リエーとコニーは、どこで何をしているのかと聞かれたが、事前に確認していたように、彼女たちの主人から口外禁止されているとの理由で、教えなかった。……これで良かったんだよな？」

「はい」

リエーが願ったのは、レシピ作りで得た褒美の金の一部を家族に送ること。

妹であるコニーの同意は得ていないから、こっそりと。

酔狂な願い事を口にする奴隷に戸惑いつつ、主人である中年男は、使い走りの従者に扮装し、しぶしぶ願いを聞き届けたのだ。

「たとえ離れればなれになっても、家族の絆《きずな》は失われない、のかもしれない。二人を売って得た金だけでは足りなくなった場合、他の姉妹がまた売られないように配慮したい気持ちも、分かる。奴隷になった二人が、健在だと知らせることにも、意味はあるだろう」

「はい……」

「だから、その二人を金で買った俺に、とやかく言う権利なんてない。……が、自分の家族を守れなかった父親が得をする結果にだけは、納得がいかない。そもそも、息子ならともかく、娘を手放すなんて万死《ばんし》に値《あたい》する。やむにやまれぬ事情があったとしても、おめおめと苦境に屈して、父親の責務を果たせないような輩《やから》がのうのうと結婚している事実に何よりも反吐《へど》が出る」

子供どころか、伴侶《はんりょ》さえ持たぬ主人は、憤《いきどお》っていた。

金をもらって喜ぶ両親に対し、「これが普通だと間違っても思うな。大半の奴隷は給金どころか食事さえろくに与えられず厳しい仕事を強要されている。その事実を死ぬまで脳裏に焼き付けておけ」などと、らしくない説教をしたのも、そのせいである。

結婚を嫌う中年男が本当に憤《いきどお》っているのは、そんな似合わない感情を抱いてしまった自分自身に対して、だったのかもしれない。

「ありがとうございます。わたしやコニーの代わりに、怒ってくださっているのですね」

「そんなんじゃない。人が発露する感情は、全て自身のためだ。同じ男として、家族を守る力を持っていない奴が、紳士でダンディなこの俺を差し置いて、軽率に結婚して子供を作っている現実を嘆いているのだ」

「そうなのですか？」

「うむ、全部が全部、冴《さ》えないおっさんが生きづらい社会を作り出した政治が悪いのだ」

「ふふっ」

本気でそう思っているらしい主人を見ていると、鷹揚《おうよう》に頷《うなず》きながら、笑みが浮かんでしまう。

主人が思い描く理想の世界では、誰もが笑顔で暮らしているのだろう。

「……割とシリアスな場面なのに、なぜ笑う？」

「申し訳ございません、旦那様。自然に笑みが出てしまいました」

「余計に気になるのだがっ⁉」

子供に笑われて気にするところは、人情味がある。

とても三人の奴隷少女を従える極悪非道な主人には見えない。

リエーを変わり者の奴隷だと思っているようだが、誰よりも変なのは間違いなく彼であろう。

「ところで旦那様、お聞きしたいことがあるのですが？」

「なんだ？」

「わたしから見て旦那様は、本当にお優しくて、ご立派で、家族を守る力も十二分にお持ちだと思うのですが、それなのにどうして、ご結婚なさらないのですか？」

「……それは、今回の件とは関係ない話だと思うが？」

「いいえ、すっごく関係ありますよ。それに、わたし自身もすっごく気になります」

「どうして女性はこの手の話題が大好物なのか、すごく理解に苦しむのだが……。まあ、真面目に答えるとしたら、家族を守るために必要な力とは、金力と、腕力と、もう一つ。最も大切なその三つめの力が欠けているから、俺は結婚しない」

「三つめの力って、なんですか？」

「それは、リエーが大人になって、真剣に結婚を考えたときに分かるはずさ」

結局主人は、それ以上語ろうとしなかった。

都合が悪い話を終わらせるため、それっぽい理由を付けて煙に巻こうとしたのかもしれない。

だけど、リエーにとっては、明確ではないものの、納得できる答えであった。

主人は、金も強さも権力も何でも持っているようで、その実、ぽっかりと大きく欠けている所があるように感じていたからだ。

それが何であるのかは、まだ子供であるリエーには思い至らないが、きっと、人の営みに欠かせない大切なモノなのだろう。

そう、主人はずっと、自分に足りないモノを探し続けているのだ。

料理のレシピ作りという奇妙な実験も、その一環なのだろう。

「ふふっ」

「だから、なぜ笑うっ？」

完全無欠のような主人に欠落があり、それを悩んでいる事実を知ったリエーは、歓喜した。

ずっとずっと、考えていた。妹と一緒に過ごせる居場所だけでなく、破格な待遇を与えてくれた主人に、恩返しできないか、と。

その機会が、ついに訪れたのだ。

奴隷としての使命であるレシピ作りを成功させるだけでは、到底足りない。主人が下した命令だけでなく、口に出さない真の願いを汲《く》み取ってこそ、ようやく価値が釣り合うのだ。

相手は、誰でもいい。隣人でも、娼婦《しょうふ》でも、貴族の令嬢でも、空回りしているベルーチェでも、素直じゃないコニーでも。何だったら、自分でも構わない。

とにかく、誰でもいいのだ。

主人が、心の底から結婚したいと思える相手であれば、誰でも……。

そのお手伝いが終わるまで。

いつか、主人の心の穴が埋まり、本当の家族を手に入れる、その日まで。

それまでは、ずっと一緒に――――。

第七十三話　妹の誓い

普段のコニーは、寝ぼすけ。

姉と一緒に入るベッドの時間が大好きだから、いつもギリギリまで寝ている。

痺《しび》れを切らしたベルーチェが起こしに来るのが日常だ。

「……………」

だけど、その日は、三人の中で一番早く目が覚めた。

「ううーん～、頭いたいよ～」

うなされながらも、まだ寝ている姉のリエーは、主人をもてなす品評会が大好きのようで、珍しくはしゃいでしまい、ついつい酒を飲みすぎてしまうのだ。

品評会の翌日は休日になっているので、無理に起こすのは憚《はばか》られる。

「ベルーチェさんも、駄目ね……」

隣の部屋をこっそり覗《のぞ》いてみると、ベッドの上で丸く膨らんでいる掛け布団が見える。

いつもは、誰よりも早起きして運動に勤《いそ》しんでいるベルーチェも、この日ばかりは、なかなか部屋から出ようとしない。

察するに、昨晩、主人と何かあったらしいが、ふて寝している様子を見るに、芳《かんば》しい結果ではなかったのだろう。

空回りしている彼女を気の毒に思うのと同時に、自分たちの主人が、成人前の小さな女の子に手を出す不届き者ではないことに、安堵《あんど》する。

たとえ、主人と奴隷という絶対的な身分差があり、法律上は何の問題もないとしても、当の本人にとっては、大問題なのだ。

「仕方ない、よね……」

その結果、コニーは一人で起きて、一人で食堂へと向かう。

休日なので、料理を作る必要はない。

お腹《なか》も、そんなに空《す》いていない。

当然、望んでもいない。

でも、貴重な時間を無駄にするわけにはいかない。

そう、貴重なのだ。

主人と、二人っきりで話せる機会は――。


「おはよう、随分と早起きだな」

食堂に入ると、三人の奴隷少女の主人である、緑髪緑服の中年男が迎えてくれた。

そう早い時間ではないので、嫌みに聞こえるが、挨拶された手前、返さないわけにもいかない。

「……おはよう、ございます」

主人は足を組んで椅子にゆったり座っている。

テーブルには目玉焼き、ハム、パンが乗ったお皿、それにコーヒーが入ったマグカップが並べられ、小さな書物を読みながら食べている。

立派な食堂に美味《おい》しそうな料理と、とても優雅な風景だが、その中心にいる人物が胡散臭《うさんくさ》い中年男だと、びっくりするほど絵にならない。

これほどまでに、美に溶け込めない人物も珍しい。

「コニーも、朝飯食べるか？」

「……うん、食べる」

つっけんどんな奴隷を気にせず、主人は椅子から立ち上がり、懐《ふところ》から器具と食材を取り出す。

態度云々《うんぬん》の話ではない。主人が、自分自身で食事を用意するのもありえないのに、事もあろうに奴隷の食事まで用意するなんて、もってのほか。

だけど、咎《とが》める者は、いない。

奴隷のコニーでさえ、多少申し訳なく感じる程度で、制止しようとは思わない。

他ならぬ主人が提案し、率先して作っているのだから、好きにさせておけばいいのだ。

「ほら、できたぞ」

程なくして、主人と同じモーニングセットが目の前に並べられる。

一口に料理といっても、主人の作り方は非常に特殊だ。

竈《かまど》や鍋などの基本的な調理器具を使用せず、謎の動力で動くレンジなる魔道具と、多種多様な調味料を駆使し、いとも簡単に作ってみせる。こんなものを見せられては、毎日毎日手間暇かけて料理を作っている自分たちは一体何なのかと、存在意義を疑ってしまうのも無理はない。

主人曰《いわ》く、誰もが入手できる一般的な道具と技術と食材を使った、誰でも作れる美味しい料理のレシピだからこそ意味がある、らしい。

言うは易《やす》く行うは難《かた》し、である。

本当に主人がそこまで考えているのか怪しいが、その理念だけは良いこと、なのだろう。

「おいしい……」

自動で作ってくれる道具に頼った手抜き料理なのに、とても美味《おい》しく感じてしまう。

料理のスキルも、技術も、努力も、全て無駄に思えるほどの美味しさ。

率直に言って、むかつく。

「うむ、やはり朝はパンの方が見栄えするよな。ご飯に味噌汁といった和食も捨てがたいが、洋食の華やかさには敵《かな》わない。まあ、田舎者の僻《ひが》みかもしれんがな」

奴隷少女の複雑な表情に気づかず、料理への寸評を額面通りに受け取った主人は、ご満悦だ。

たとえ、シンプルな手抜き料理であっても、自分が作った料理を美味しいと言ってもらえるだけで、嬉《うれ》しさが込み上げてくるのだろう。

「…………」

それは、奴隷に落ち、中年男に買われ、この屋敷に連れてこられるまで、知らなかった感情。

今は、きっと、人一倍強く抱いている感情、だ。

「にがっ」

なんだか急に恥ずかしくなって、泥水よりも真っ黒な飲み物を口に入れるが、舌を出して顔をしかめてしまう。パンには欠かせない飲み物らしいが、まだ慣れない。

そもそも、金や時間を使ってまで、わざわざ苦い飲み物を作る意味が分からない。

「ははっ、コーヒーはダンディな大人の飲み物だから、お子ちゃまなコニーにはまだまだ早かったようだな」

苦味の奥深さを理解できない少女を見た主人が、さも愉快そうに笑う。

憎まれ口をたたく本人は、実際に美味《うま》そうに泥水を啜《すす》っているので、悔しいが言い返せない。

だが待てよ、と思い返す。コニーが知る限り、主人は結構な甘党だったはず。

「あれ、甘い匂いがする？　……それ、ちょっと貸してよっ」

「おいおい、人様の料理を横取りするなんて、淑女失格だぞ」

大袈裟《おおげさ》に肩をすくめる主人を無視し、奪い取ったカップに口をつける。

「何これっ⁉　どうして同じ飲み物なのに、こっちは甘くて美味しいのっ？」

「そりゃあ、砂糖を小匙《こさじ》3杯入れたから、だろうさ」

「この真っ黒な飲み物って、砂糖を入れていいのっ？」

「そのままブラックで飲む場合も多いから、好み次第だろうさ。料理ってのはな、自分が思うように食べていいんだぞ」

「だったら、どうして自分のだけ砂糖を入れて、あたしのは入れなかったのっ⁉」

「そりゃあ、リクエストがなかったから、だろうさ」

「絶対嫌がらせでしょ！」

「ははっ」

主人は、何にでもオチを付けようとする。それも、悪い方に。

今回のように悪戯《いたずら》を仕掛けたり、憎まれ口をたたいたりと、何が何でも綺麗《きれい》なままで終わらせようとはしない。

それが、奴隷を所有する主人としての矜持《きょうじ》だと思っているのだろうか？　道化《どうけ》を気取りたいのだろうか？　女の子をいじめるのが好きなのだろうか？　単なる性分なのだろうか？
それとも——。

「もうっ、自分一人でこんなに美味《おい》しい料理を作れるなら、奴隷なんて必要ないでしょ。金持ちの道楽はやめて、早くお姉ちゃんを解放してよっ！」

意地悪な主人に乗せられる格好で、激情に駆られてしまう。

解放も何も、主人は奴隷のままでいることを強要していないし、姉も解放を望んでいないのだが、コニーの中ではいつまで経《た》っても、主人は悪役のまま。

「どうしてっ、どうしてあたしたちを買ったのよっ⁉　料理のレシピなんて無駄なものを作らせるのよっ⁉」

だから、今更だけど、ずっと前から抱いていた疑問を投げかけてしまった。

「ふむ、金持ちの道楽、か……。いいねぇ、実にいいねぇ、他者からもそう見えるってことは、俺の道楽ぶりも板についてきた証拠だな、ははは っ」

妙なところに反応した主人は、また愉快そうに笑う。

いつもの嘘《うそ》っぽい笑い方とは、違う気がする。

「便利な自動調理器具を持ち、しかも料理スキルまで備わっている俺が、わざわざ他者にレシピを作らせる理由、か。うんうん、とてもいい質問だな。料理の神髄は、まさにそれ。食材をシンプルに活かすだけでも、十分美味しい料理が作れる。ではなぜ、なおも改良を重ねるのか……。

そう、それこそ余裕の表れに他ならない。どんなに頑張っても限界があるし、それを受け取る側の味覚次第だから、実際問題、味が良いか悪いかはさほど変わらない。それを承知で改良し、また食する側も無駄に手が込んだ値段の高い料理を好む。必ずしも必要のない文化。これこそ真の文化的な生活。心に余裕を持つ生き物である証拠！　ああ、なんと素晴らしいことか‼」

主人は、いつもは口数が少ないのに、料理についてだけは饒舌《じょうぜつ》になる。

だけど、それさえも嘘っぽくて、薄っぺらい。

「それに、料理ってのは、どれほど技術を上げても、それだけじゃ不完全なんだ。食欲の増す見た目と匂い、ワクワクさせる場の雰囲気、そして若い女性が込めてくれる愛情が、より一層美味しさを際立たせるんだ！」

「そんなわけないでしょ。同じレシピだったら、誰が作っても同じ味よっ！」

「いやいや、俺は数多《あまた》の料理の中から、コニーが作った料理を探し出せる自信があるぞ！」

「えっ、ほ、本当にっ？」

「ああ、本当さ。ぶきっちょなコニーが作った料理は、いつも少し形が崩れているからな」

「嫌い嫌いっ、やっぱり大っ嫌い！」

「はははっ」

奴隷は、主人に向けて怒気を込めた視線を送る。

嫌がらせをして喜ぶ様子は、まさに人でなし。

楽しんでいるように見えるが、はぐらかされたようにも感じられる。

多くの金を使って奴隷を購入し、さらに金と時間をかけてレシピを作らせ、そこまでして美味《うま》い料理を食べようとする理由を、自分自身でも説明できないのだろう。

「あんたなんて、料理に埋もれて死んじゃえ！」

「おおっ、それは腹上死に優るとも劣らない理想的な大往生《だいおうじょう》だろうなぁ」

おそらく主人は、己《おのれ》が抱く感情に確信が持てないのだ。

有り余る力を振るい、他者の感情を掻《か》き乱しておいて、当の本人は薄っぺらいまま。

だから、最高に美味《おい》しい料理を食べ、心の底から感動し、人であることを実感したいのだ。

人でなしは、人でありたいのだ。

「作ってみせる！　すっごく美味しい料理を！　食べきれないほどの絶品料理をっ！」

コニーは、主人に買われ、料理を作り続けたことで、初めて知る感情があった。

仕事に従事する充実感、レシピを完成させる達成感、美味しいと言ってもらえる幸福感。

これほどまでに濃厚な感情を与えておいて、自分だけ希薄なままだなんてありえない。

他者を振り回すのではなく、自身が己の感情に振り回されるようにしてやる！

「作って作って作りまくって、絶対にあんたを料理の虜《とりこ》にしてやるんだからっ‼」

それこそが、力を持て余す主人の望みだと思うから。

それだけが、非力なこの身に許される唯一のお返しだから。


それまでは、ずっと一緒に――――。

第七十四話　料理に始まり、料理に終わる関係

「……うん、美味しい」

料理のレシピ作りは、手本となる異国の料理をまず主人が提示し、次に奴隷少女が試行錯誤を繰り返し、味と手順がまとまったら品評会で評価され、主人の認可を得て完成へと至る。

本日もまた、品評会の名目で中年男一人と少女三人が食卓を囲み、夕食を楽しむ。

まるで、本物の家族のように。

「それで、今回のお料理はいかがかしら、ご主人様？」

「申し分ない。食材は違っても立派に味が再現されている。この料理のレシピは完成品として認めよう」

主人がぎこちない笑顔で頷《うなず》くと、少女たちもまた表情を和らげる。

以前は認可されるたびに歓声を上げていたが、多くのレシピを完成させ、技能が確立してからはただの最終確認でしかない。

品評会の場は、今はそれよりも、もっと大切な意味を持っていた。

「よし、レシピの確認が済んで俺の出番は終わったから、そろそろお暇《いとま》しよう」

「そんなに急いで帰らなくていいでしょう？　それに、私たちはまだ食べ終わっていないわ」

「だから、俺がいない方が気兼ねなく食事できるだろう？」

「そんな気遣いは要らないから、全員が食べ終わるまで待つのがマナーってものだよっ。ほら、

食後のコーヒーを入れるから、おとなしくしててよねっ」

「でも、夜中にカフェインを摂取すると眠れなくなるし……」

「旦那様が好きなお酒もご用意してますから、ゆっくりしていってくださいねっ」

いつものように、そそくさと退席しようとする主人を、ベルーチェ、コニー、リエーが順番に声を上げて制止する。

大雑把《おおざっぱ》でデリカシーに欠けて料理だけを好む主人は、用事がない限り少女たちが住む家に近づこうとしない。

準備を済ませ、軌道に乗った後の自分の役割は確認だけだと、本気で思っている。

だから三人の奴隷少女は、限られた期間でレシピを完成させ、定期的に品評会を開き、こうして主人が訪れる口実を作る必要があったのだ。

「俺は、料理と睡眠と風呂と映画と読書を一人で楽しむタイプなのだが……」

「料理とは、目で楽しみ、匂いを楽しみ、喉で楽しみ、雰囲気そのものを楽しむものだと、偉そうに講釈したのは、あなた自身でしょう。いつも口だけは達者なのに、やることなすことテキトーなんだから」

毎度のやり取りを交わしつつ、ベルーチェは嘆息した。

傍若無人《ぼうじゃくぶじん》なご主人様は、人と深く接するのに慣れていないらしい。特に、自分たちのような若い女性に対して顕著だ。百人に及ぶ少女を裸で立たせ、奴隷館の店主に偉そうな口を利き、料理の素晴らしさについて講釈を垂れる男と、同一人物だとは思えない。

何の罪もない少女を金で買い、契約という体裁で屋敷に軟禁し、無茶な命令を下している負い目があるのだろう。

だとしたら、トンチンカンなご主人様らしい考えだ。

何もかもが今更、なのに。

「ほら、淑女を楽しませるのは紳士の役目なんでしょう？　なんでもいいから料理がさらに美味《おい》しくなる話でもしてちょうだい」

ご主人様は、大人で、大金を持ち、力もある。

だけど、こうして繋《つな》ぎ止《と》めておかないと、ふとした拍子に消えてしまいそうな危うさがある。

……もしも、ご主人様との連絡が途絶えたら、どうなってしまうのだろうか。

屋敷はご主人様の持ち物なので、家賃の心配はない。

必要経費とレシピ作りの対価として頂戴《ちょうだい》した金がたっぷりあるので、何年も生活できる。

上達した料理の腕を使えば、雇ってくれる料理店はたくさんあるだろう。

何よりも、奴隷として一切命令されていないし、制約もないから、一般人と変わらない。

だから、ご主人様との関係が消えてしまえば、簡単に自由になれる。

そのはずなのに、会えない日々を想像するだけで、怖い。

「どんな話でもいいと言われても、おっさんという生き物はキャバクラで会話に慣れた奴と、そうでない奴の二種類がいて、俺はその後者なのだが……」

「それだけ回りくどい話ができれば十分だと思うわよ。だったらほら、ご主人様の生まれ故郷の話を聞かせて？」

「それならお安い御用だが、文化が違いすぎて面白くないと思うぞ？」

「そんなことないわ。私たちは、ご主人様の話を聞きたいのよ」

金にも力にも女にも興味を示さないご主人様が、唯一関心を示すのは、料理。

これを頼りに、結びつきを強めていくしかない。

結局は、料理に始まり、料理に終わる関係だとしても――。

◇◇◇

少女は、背中を見るのが嫌いだ。

最後に見た両親の姿。それは、背中だった。

奴隷商人に連れていかれる自分を見送りもせず。

肩の荷が下りたとばかりに安堵《あんど》する後ろ姿が、目に焼きついている。

それ以降、背中は別れを思い出させる不吉の象徴となった。

親しい者の背中を見るだけで、胸が締めつけられるような痛みを感じる。

だから少女は、ご主人様の後ろを歩かない。

横に並んで、一緒に進もうとする。

手を握って、繋《つな》がりを実感しようとする。

年齢や背丈だけでなく、何もかも釣り合わないのは理解している。

それでも、後ろをついていくだけの女にはなりたくない。

もう、背中を見送りたくない。

どんなに背伸びしてでも、ご主人様の隣を歩き続けるのだ。
胸を張って、隣を歩けるような自分になるのだ。
いつか、彼の方から手を引いてくれる、その日まで。
それまでは、そして、それからも、ずっと一緒に――。

第七十五話　奴隷館のお局様《つぼねさま》

「あーあ、今日もまた売れ残っちまったっ。やってらんないねぇ、まったく！」

目つきの悪い女は、陽気に笑いながら、大きな声を上げた。

「アネゴは悪くないっすよ。あのエロオヤジに、女を見る目がなかっただけっすよ」

アネゴと呼ばれる目つきの悪い女は、二十代半ば。

若いほど評価される女奴隷の市場では、低評価を否《いな》めない。

本日もまた客のお眼鏡に適《かな》わなかったと愚痴る彼女に、取り巻きの女が相槌《あいづち》を打つ。

それは、とある奴隷館で毎回繰り返される、厄除《やくよ》けの儀式であった。

「せっかくよぉ、特別な客が来るっていうから気合い入れて準備したのに、ろくに見ようともしないなんて、どんな了見だよ、まったく！」

「アネゴの言う通りっすよ。裸の女をたくさん並べておいて、とんだフニャチン野郎っすよ」

望んで奴隷になったわけではない。だから、購入されるのを待ち望んでいるわけではない。

それでも、誰からも必要とされないのは、悲しく感じてしまう。

多感なお年頃の女性であれば、なおさらであろう。

「あのフニャチン野郎は、結局誰も買わずに逃げ帰っちまったのか？」

「それがっすね、あの後気に入った女だけ呼び出して、三人買っていったみたいっすよ」

「ほぉー、いい年こいて女の裸も直視できないフニャチン野郎にしては、それなりの甲斐性《かいしょう》はあったみたいだねぇ」

目つきの悪い女は、本日対面した客の顔を思い出そうとしたが、はっきりとしなかった。特別な客だというのに、大して特徴のない、普通の中年男だったからだ。

強いて特徴を挙げるとすれば、くすんだ緑色の髪と服、猫背に細い目、程度である。

「それでぇ、フニャチン野郎が持ち帰った三人ってのは、誰なんだ？」

「ええと確か、兎族《うさぎ》の姉と妹っすよ」

「あのリエーと、泣き虫コニーが一緒なのかっ。……けけっ、きっとリエーの奴が上手くやったんだろうねぇ」

兎族姉妹の仲の良さは、大勢の奴隷を擁《よう》する奴隷館の中でも目立っていた。

それ以上に、妹を守ろうとする姉の強い意志は、皆が認めるところであった。

「仲良し姉妹はいいとして、もう一人は？」

「それがっすね、驚いたことに、あの手足がない娘っすよ」

「……ベル公が、本当に買われちまったのか？」

「はい、アネゴ。間違いないっすよ」

「…………」

目つきの悪い女は、表情を険しくして、黙り込んだ。

彼女とベル公ことベルーチェは、特に仲が良かったわけではないが、大きな共通点があった。

それは、ずっと売れ残ると思われていた点。

目つきと口と態度が悪く、年を食っている女は、言わずもがな。

ベルーチェもまた、言わずもがな。

「ふんっ、弱って動けない女を選ぶなんて、フニャチンどころかとんでもない変態趣味の腐れ外《げ》道《どう》だったみたいだねっ」

健康な女であれば、たとえ外見が悪くとも、真っ当な仕事に従事する道が残されている。

だが、顔だけが良くて変わった身体の女なんて、使い道は一つしかない。

その果てにある哀れな結末も、一つだけ。

「それがアネゴ、どうやらあの変わった身体を気に入って買ったわけじゃないようで」

「ああん、どうしてそう分かるんだっ？」

「たまたま見た奴の話っすけど、あの娘は自分の足で歩いて出て行ったそうっすよ」

「はあぁぁ？　なんの冗談だよ、そりゃあ？」

「私も見間違いだろうって店番の奴に聞いたら、間違いないって断言しやがったっすよ」

「……いや、いやいやっ、そんなの絶対ありえないってっ。手足を失った状態から元に戻すには、クソ高いアイテムでも使わなきゃ無理なんだぞっ⁉」

「だから実際に、その魔法薬を使ったそうっすよ、あのフニャチン野郎が」

「――――」

目つきと口の悪い女が絶句してしまうのは、とても珍しい。

普段はアクの強い彼女も、呆気《あっけ》にとられると案外可愛い顔をしていた。

「アネゴ、あんな状態の身体を治しちまう魔法薬って、やっぱ凄《すご》いっすか？」

アイテムさえ見たことがない者も、奴隷には少なくない。

そんな奴隷が、どれほど高価だと言われても、今ひとつピンとこないのも無理はなかった。

「致命傷まで治しちまう最高級品じゃないにせよ、あれだけの重傷を治す病気回復薬なら、金貨五千枚はくだらないだろうねぇ」

「ご、ごせんっ？」

「分かりやすく言うと、今日あの広間に集められた女全員を買える額だ」

「はぁぁぁっ!?」

目つきの悪い女は、自分で説明しながら、気づく。

それが意味するところ。

すなわち、手足が不自由な少女一人と、他の女百人の価値が、同等だということ。

少なくとも、あの客にとっては。

「――けけっ、どうやら見る目がなかったのは、オレらの方だったかもねぇ」

人の価値なんて、決めるのがおかしい。

それでも、今日会ったばかりの小娘に惜しみなく大金を注ぐ客の価値は、大したものだろう。

「はぁー、世の中にはとんでもない奴がいるもんっすねー。でもアネゴ、手足が戻ってもあの娘一人に、そこまでの価値があるなんて思えないっすけど？」

「そりゃあ野暮ってもんだ。あの男にとっては、それほど魅力的な女だったってこと。つまり、一目惚れ《ひとめぼ》ってヤツだろうよ」

「あんなオヤジが、あんな小娘にっすか？　そりゃあ傑作っすね！」

「ああ、こんなお伽噺《とぎばなし》、もう二度とお目に掛かれないだろうよっ」

金と愛は、十分。むしろ、溢《あふ》れんばかり。

女は、愛する男よりも、愛してくれる男と結ばれた方がいい。

主人と奴隷の関係だとしても、女を金で買う男の中では幾分ましな方であろう。

「…………」

それでも、愛されるばかりでは、続かない。

女とは、誰よりも愛されたいくせに、誰かを愛していないと不安になる厄介な生き物なのだ。

「そんなとんでもない男に見初《みそ》められたベル公は、何を思ったんだろうねぇ」

「あの娘は、泣きも怒りもしないで、いつも無表情だったっすよね。あっ、でも、この店を出ていく時は違ったみたいっすよ」

「へえ、どんなふうに？」

「いっちょ前に、客の男と腕を組み、不気味に笑っていた、みたいっすよ」

「──けけけっ、けけけけっ！」

奴隷館の店主が、本日は特別な客が来る、特別な一日だと言っていた。

その言葉通りに、とびっきり酔狂な中年男、とんでもなく高価な薬、売れてしまった売れ残りなどなど、珍しいものばかりな一日だった。

だから、もうこれ以上、驚くことはないと、思っていたのに。

「そうかいそうかいっ、あのベル公も、ちゃんとした女だったんだねぇっ」

どうやら、勘違いしていたらしい。

実際に入れ込んでしまったのは女の方で、男の方は深い懐《ふところ》で受け入れたのだろう。

「なるほどねぇ、こいつは本当に特別な客だっ」

奴隷という特殊な商品を扱う業界の中でも、変わり者で有名なあの店長が、特別だと豪語する相手である。一筋縄でいくはずがない。

「けけっ、ベル公はこれからも苦労しそうだ」

その苦労は、今までと全く違うものになるだろう。

手足だけでなく、顔の筋肉まで壊れていると言われていた無表情女が、たった一人の中年男のせいで、笑い、怒り、泣く姿を想像するだけで楽しい。

奴隷の身でなかったら、一杯やっていたところだ。

「男に飽きられ、泣きながら帰ってくるのを、ここで待ち続けるのも面白そうだ」

とても、とても愉快な気分だ。

奴隷館で暮らすようになり、これほど楽しく感じる日は、初めて。

今夜は、いい夢が見られそうである。

「そうさ、奴隷にだって、夢を見るのは許されるからねぇ」

お互い、いい夢を。

そして願わくば、二度と再会しませんように。

◆◇◆　?日後　◆◇◆

「……いいかげん、目を覚ましてくださいよ」

奴隷が呼び出される時は、売買の話だと相場が決まっている。

しかしその奴隷が、もっとも長い間売れ残っている厄介物だった場合は、そうとも限らない。

「ああん？　店長がご自分で呼びに来るとは、とうとうオレの廃棄が決まったのか？」

だから、目つきの悪い女は、おどけたふりをして、本気で尋ねた。

「ご冗談を。あっしが商品を捨てるだなんて、絶対にありえませんよ」

人生に彩りを与えてくれる大切な奴隷を貶《けな》されたと感じた店長は、憮然《ぶぜん》として答えた。

もっとも、商品を貶したのは、その商品自身なのだが。

「相変わらずアンタは、奴隷が好きで好きで仕方ないみたいだねぇ。おかげで楽に過ごさせてもらってるよ」

「まったく、奴隷なのに悲しみもせず、毎日タダ飯を食って楽しそうにしているのは、この広い奴隷館の中でもあなただけですよ」

「案外、ここでの暮らしも悪くないものでねぇ。それで、今日は何のご用だ？」

「それは当然、お客様からの要望ですよ」

「そいつは珍しい。こんな行き遅れで態度も悪い女が、客の購入条件に引っかかるなんて久しぶりじゃないか。でもどうせ他の女が選ばれるから、オレなんて呼ぶだけ無駄だろう？」

「へへっ、それは大きな間違いです。今回のお客様は、奴隷を並べて選ぶ趣味はないそうで」

「……だったらどうして、オレが呼ばれたんだ？」

「決まっているじゃないですか。あなたはもう、買われたのですよ」

「はぁぁっ？　いくら安くても、こんな不良品を見もせず買う客なんているわけねーだろっ」

「それはそうでしょう。しかし、いまさら確認する必要なんてないのです。なぜなら、本日のお客様は、あなたのことをよーく知っているのですから」

「なっ⁉」

「やはり、あなたを最後まで置き続けて正解でした。お客様に嫌われてばかりのお局様《つぼねさま》が、これまでのどんな奴隷よりも素敵な人生を見せてくれるだなんて、恐悦至極《きょうえつしごく》ですよ」

奴隷館の店長は、恍惚《こうこつ》とした表情で上空を見つめ、誰かに感謝を捧げているようであった。

目つきの悪い女は、呆然《ぼうぜん》としながら、そんな店長の後をついていく。

いつも以上に上機嫌な店長を見るに、冗談ではなさそうだ。

だが、天涯孤独である彼女に、身寄りなんていない。

顔見知りと呼べる相手は、それこそ奴隷館で暮らす同じ奴隷だけで――。

「お久しぶり、ね」

連れて行かれた部屋で待ち構えていたのは、女の趣味が悪い中年男、ではなく、長い黒髪の女性であった。

「お、お前は、まさかっ、ベル公、なのかっ？」

「ええ、そうよ。あなたと別れて数年経《た》ったから、私も立派な大人の女になったでしょう？」

「……いやぁ、そうでもないがぁ？　あんまり飯を食わせてもらってないのか？」

「毎日お腹《なか》が痛くなるほど食べているわよっ。……仕方ないじゃない、この身体は、あまり大きくなってくれないのよ」

目つきの悪い女を出迎えた相手は、奴隷館で暮らしていた頃に比べると肉付きは良くなったが、身長や胸部の大きさはあまり変わっていなかった。

それを指摘された長い黒髪の女は、目に見えて落ち込んだ様子になる。

「その、悪かった。背と乳が小さいのを気にしてたんだな」

「気にしていないわよっ！　……まったく、あなたと話すと喧嘩《けんか》ばかりだわ」

「けけっ、お互い元気な証拠だ。それはともかく、なんでベル公がこんな所に？」

目つきの悪い女は、再会を嬉《うれ》しく思いながら、目の前の小柄な女性が売れた時を思い出す。

あの時は、出戻りしてきたら面白いな、と不謹慎なことを思っていた気がする。

「そっか……」

「どうして、そんな哀れみの目で私を見るの？」

「だって、何年経《た》っても大きくならないから、あの酔狂な客にも愛想を尽かされて、また奴隷に戻されたんだよな？」

「違うわよっ」

「いいんだいいんだ、分かってるって。つらい過去なんて忘れてしまったんだよな」

「だから違うって言っているでしょうっ！　私の頭を撫《な》でながら涙を流すのをやめなさいよっ！」

目の前で激怒している女性は、どうやら本物の元同僚らしい。

随分と表情が豊かになってよく喋《しゃべ》るが、内に秘めていた芯の強さは、変わらないようだ。

無理して気丈に振る舞っている様子ではないので、本当に捨てられたわけではないらしい。

だとすれば、以前買われていった奴隷が、どうしてこんな所に、という疑問が残る。

「出戻りじゃなかったら、なんでこんな所に戻ってきたんだ？」

「あなたを引き取るために来たのよ。店長から話を聞いているでしょう？」

長い黒髪の女は、真っすぐに相手の目を見ながら答えた。

背が低いままなので、見上げる格好であったが。

「……なんで、ベル公が、そんな真似するんだ？」

「私もね、余計なお世話だろうと思ったわ。あなたなら、どこでも逞《たくま》しく生きていけるだろうし、何より本当のあなたを理解してくれる相手に買われた方が、幸せでしょうしね」

「けけっ、まったくもってその通りだ。そんだけ分かってるくせに、なんで来たんだよっ」

「あなたは、自分で幸せを掴《つか》める強い人。……でもね、もう我慢できないのよ。この世の中は、長い間あなたを放っておく見る目がない連中ばかりみたいだから。それに、私のご主人様が言うには、我慢すると体に悪いそうなのよ。良い仕事をするために体調を整えるのは、奴隷の義務だわ。こうした理由で、私は、もう我慢しないって決めたの」

「………………」

「だからあなたも、これ以上我慢しなくていいのよ。故意に失礼な態度を取って客に嫌われ、この奴隷館に長い間居座り、奴隷のみんなを励まし続けてきたあなたの役目は、もうおしまい」

長い黒髪の女が奴隷館で暮らしていた頃——まだ、手足を失っていた頃。

感情さえも失っていた彼女に、何度も話し掛けてきたのは、目つきの悪い女だけだった。

目つきの悪い女は愚痴ばかり言い、長い黒髪の女もろくに返事していなかったのだが。

それでも、飽きもせず、毎日絡み続けてきたのは、目つきの悪い女だけであった。

「もう、卒業していいはずよ」

「……けけっ、ベル公にそこまで言われちゃあ、断われねぇなぁ」


二人の女奴隷が再会を喜び合う後ろで、その様子を眺める二人の中年男の姿があった。

「旦那は、あの二人の会話に混ざらなくていいんですか？」

「今日の俺は、ただの付き添いだ。奴隷を買うと言い出したのも、実際に金を払うのもベル子だから、俺の出る幕なんてないのさ」

「へへっ、あっしも長い間この商売を続けていますからね、運良く奴隷から解放され、親族を買い戻しに来たって美談なら、何度か見たことあるんですよ」

「…………」

「ですけどねぇ、奴隷が奴隷のまま奴隷を買いに来たって話は、こうして今現在この目で見ていても、まだ信じられない思いですよ」

「俺の名誉のために弁明しておくが、俺は何度もベル子たちに、奴隷からの解放を勧めてきたからな？　俺の趣味で首輪を外さないわけじゃないからな？」

「奴隷は成長したのに、旦那は一切変わらないようで、安心しましたよ」

「俺はもう、あんたの顔を見るつもりはなかったんだがなぁ」

「旦那とあっしとは、それほどまでに奴隷という商品に縁があるのでしょうねぇ」

「……難儀な商売だよな、まったく」

「へへっ、これだからこの商売はやめられないのですよ」

「――それでぇ、無理やり買われてしまった哀れな奴隷は、どんなつらい仕事をさせられるんですかねぇ、ベルーチェお嬢様？」

「茶化さないでちょうだい。あなたには、リエーとコニーと私の三人で経営している料理店を手伝ってほしいのよ」

「へえ、あの姉妹もまだ一緒なのか。でもオレは、料理なんて作ったことねーけど？」

「料理は私たちで作るから、あなたは料理を運んだり片付けたりする給仕係をやってちょうだい。物怖《ものお》じしない性格で、お喋《しゃべ》りも得意だから、きっといいウェイトレスになるわね、ふふっ」

「笑顔は不気味なままだが、あの無表情女がこんなに変わるとはビックリだ。よほど変わり種の主人に毒されたんだろうねぇ」

「ご主人様の近くにいると、嫌でもそうなるわ。あなたも気をつけることね」

「けけっ、随分と余裕こいてるけど、何年経《た》ってもちんちくりんなベル公こそ、オレに大好きな主人を奪われないよう、気をつけた方がいいんじゃねえのかぁ？」

「…………」

「いや冗談だからっ、泣きそうな顔するなってっ。もっと自分に自信を持てよっ！　そんな顔されると本当に主人と上手くやれてるのか、こっちが不安になるだろうがよっ⁉」

「私のご主人様はね、本当に厄介なのよ……」

こうして、この世界初となるカフェに、目つきと口の悪いウェイトレスが追加された。

冗談で言っていたのが本当になったというべきか、件《くだん》のご主人様が、可愛い衣装に身を包んだ愛想のないウェイトレスをいたく気に入ってしまい、一悶着《ひともんちゃく》あるのだが……。

それもまた、人生とコーヒーに不可欠な苦味であろう。

終章　カップル非推奨カフェ・ラムレーズン

三者三様のやる気と能力を活かし、数多くのレシピを完成させた三人の奴隷少女。

主人の郷土料理の複製だけでなく、オリジナル料理まで作れるようになった彼女たちは、その集大成として、三人揃《そろ》って一つのご褒美をお願いする。

それは、カフェを作ること。

一般客に料理を提供することで独立し、なおかつ料理のレシピ作りを継続する道を選んだのだ。

奴隷からの解放は、頑《かたく》なに拒んだままに。

この選択により、主人が新たな奴隷を購入せずに済んだのは、ただの副産物だろうか。

主人がカフェなる料理店を作りたいと言っていたのは、ただの偶然の一致だろうか……。

理由はどうであれ、三人の奴隷少女はカフェを経営することで、社会的立場を確立させるだけでなく、主人の願いを叶《かな》え、主人を見返し、主人の胃袋を掴《つか》んだのである。


――カランコロンッ！


「「「いらっしゃいませっ」」」

ドアを開けると、鐘の音が鳴るカフェにて。

少女たちは、いつまでも料理を作り続ける。

◇◇◇
「おーい、ウェイトレスさーん、コーヒーのお代わりくださいなー」

「オキャクサマよぉ、売り上げに貢献するのはいいが、毎日毎日朝っぱらから泥水啜《すす》ってばかりで、いったいいつ仕事してるんだ？」

「ははは、もちろん仕事なんてしていないのさ」

「無職を堂々と宣言するとは、さすがベル公の飼い主サマだよなぁ」

「ウェイトレスさんも、ミニスカ衣装がよく似合っているぞ」

「あっ、なに勝手に捲《まく》ろうとしてるんだっ。金取るぞ、こらっ」

「んん？　つまり金を払えば捲り放題ってことかな？」

「そりゃあ、金次第で下着くらいいくらでも見せてやるよ」

「よしっ、あっちの個室で詳しい話を聞こうじゃないかっ」

「――いい加減にしなさいよっ！」

怒鳴り声とともに飛んできたのは、一杯のコーヒー。

当然中身も飛び散っていたが、オキャクサマと呼ばれる中年男が素早く手を伸ばしてキャッチすると、その手に持つカップには一滴残らず収まっていた。

「へえ、さすがベル公が入れ込む男だ。面白い特技を持ってるじゃないか」

「こう見えて実は手先が器用だから、女性の服を脱がせるのも得意なんだぞ？」

「私を無視するなぁっ！」

猥談《わいだん》を続ける客とウェイトレスに、見かねた店員が厨房《ちゅうぼう》から飛び出てくる。

この店が誇る料理人の一人、長い黒髪の女ことベルーチェである。

「こんな大声を出すなんて、ベル公は本当に変わったよなぁ」

「誰のせいだと思っているのよっ」

「ははは、大好きなウェイトレスさんと一緒に働けるようになって、ベル子もハッスルしてるんだろうさ」

「……お客様はもう一杯お代わりがほしいのね？　今度は頭にぶっかけてほしいのね？」

「べ、ベルーチェちゃんっ、旦那様に粗相したら駄目だよっ」

「いいんだよ、お姉ちゃん。この店の中では旦那様じゃなくてただの客だから、店員に悪戯《いたずら》した罪で処刑すべきなんだよ」

騒ぎを聞きつけた他の料理人――リエーとコニーの兎《うさぎ》族姉妹も集まってくる。

カフェを経営するようになった今でも、奴隷を続ける三人娘。

以前のまま、主人であり続ける中年男。

解放してもらえないのは、果たしてどちらの方か、という議論はさておき。

この世界で唯一の『カフェ・ラムレーズン』は、三人娘が褒美を使って手に入れた私物。

なので、くすんだ緑色の髪と服の主人は、一人の客として店を訪れている。

三人の奴隷娘も、ここでは主人を「お客様」と呼び、他の客と同じ対応をする。

依怙贔屓《えこひいき》はしない。それが、主人が望む、カフェとしてあるべき姿だから。

しかし、捻《ひね》くれ者の主人は、普段は素知らぬ顔で無口な客を気取っているが、他の客がいなくなると態度を変えてしまう。料理係であるベルーチェ、リエー、コニーの奴隷三人娘に対してではなく、給仕係である目つきの悪い女に対して、だが。

目つきの悪い女の主人はベルーチェなので、そのベルーチェの主人である中年男とは、ただの客と店員の関係にすぎない。少なくとも、中年男はそう認定している。

この結果、中年男は、目つきの悪いミニスカウェイトレスにセクハラする厄介な客に成り下がってしまったのである。

「まったく、困ったオキャクサマだよなぁ」

「……そう言うあなたも、もう少しお客様への態度を改めてほしいわね」

「でもよぉ、このオキャクサマは、今のオレの接客に満足してるらしいぜ？」

「そうそう、こんなにも素敵なウェイトレスさんとの大切な一時を邪魔しないでおくれよ、料理人のお嬢ちゃん」

「何年も一緒にいる私には素っ気ないのに、どうして新人の彼女にだけ興味を示すのよっ⁉」

「ほらぁ、オキャクサマがオレばかり構うから、ベル公が妬《や》いてるじゃねーか」

顔立ち良し、気立て良し、料理良しの三拍子揃《そろ》った娘を三人も侍《はべ》らせておいて、頑《かたく》なに手を出そうとしない男。

なのに、目つき悪し、口悪し、態度悪しのウェイトレスには、気軽に手を出そうとする。

クールな振る舞いが売りのベルーチェが激昂《げきこう》するのも当然であった。

「もうっ、こんなことになるのなら、買うんじゃなかったわっ」

「けけっ、女の友情は男が原因で壊れるって話は、本当のようだ」

「ははっ、男女の友情が成立しないように、女同士の友情もまた儚《はかな》い夢かもしれないなぁ」

「諸悪の根源がしたり顔で言うなぁぁぁっ!!」

もはや、日常と化してしまった一幕。四人目の奴隷を迎えた当初は、刺激となって新たな展開を望めるだろうと期待したが、それさえも予定調和の如く日常に組み込んでしまう。

ベルーチェが決して諦めないように、中年男もまた、料理への情熱が欠如している世界で、ようやく叶《かな》ったカフェ道楽を破綻《はたん》させるつもりはない。

「……ねえ、お姉ちゃん？」

「……どうしたの、コニー？」

「あたしたち、あの人に買われてからもう何年も経《た》つのに、何も変わってない気がするね」

「うん、でも、それが旦那様の望みだとしたら、仕方ないよね」

姉妹がまだ一緒にいるのは、主人の本当の望みを叶えるという恩返しができていないから。

あんなに意気込んでいた自分が馬鹿に見えるほど、もうどうでもいいことのように思える。

だから、この風景は、たとえ無意識だとしても、主人が望んだ結果なのだろう。

本人の意思にかかわらず、ご主人様にいつまでも囚《とら》われ続けてしまうのは、奴隷として正しい在り方、なのかもしれない。


〈『異世界道楽に飽きたら6』完〉

この作品に対するご感想、ご意見をお寄せください。

●あて先●

〒101-0052 東京都千代田区神田小川町3-3
イマジカインフォス　ヒーロー文庫編集部

「三文烏札矢先生」係
「ともぞ先生」係

ヒーロー文庫

ヒーロー文庫

異世界道楽《いせかいどうらく》に飽《あ》きたら 6

三文烏札矢《さんもんがらすふだや》

2023年10月10日 第1刷発行

発行者 廣島順二

発行所 株式会社イマジカインフォス
〒101-0052 東京都千代田区神田小川町 3-3
電話／ 03-6273-7850（編集）

発売元 株式会社主婦の友社
〒141-0021
東京都品川区上大崎 3-1-1 目黒セントラルスクエア
電話／ 049-259-1236（販売）

印刷所 大日本印刷株式会社

©Fudaya Sanmongarasu 2023 Printed in Japan
ISBN 978-4-07-455999-2

■本書の内容に関するお問い合わせは、イマジカインフォス ライトノベル事業部（電話 03-6273-7850）まで。■乱丁本、落丁本はおとりかえいたします。お買い求めの書店か、主婦の友社（電話 049-259-1236）にご連絡ください。■イマジカインフォスが発行する書籍・ムックのご注文は、お近くの書店か主婦の友社コールセンター（電話 0120-916-892）まで。※お問い合わせ受付時間 月～金（祝日を除く） 10:00 ～ 16:00
イマジカインフォスホームページ http://www.st-infos.co.jp/
主婦の友社ホームページ https://shufunotomo.co.jp/

Ⓡ〈日本複製権センター委託出版物〉
本書を無断で複写複製（電子化を含む）することは、著作権法上の例外を除き、禁じられています。本書をコピーされる場合は、事前に公益社団法人日本複製権センター（JRRC）の許諾を受けてください。また本書を代行業者等の第三者に依頼してスキャンやデジタル化することは、たとえ個人や家庭内での利用であっても一切認められておりません。
JRRC〈 https://jrrc.or.jp eメール：jrrc_info@jrrc.or.jp 電話：03-6809-1281 〉